MW00682666

Ernst von Wildenbruch

Die Tochter des Erasmus

Ernst von Wildenbruch

Die Tochter des Erasmus

Unveränderter Nachdruck der Originalausgabe.

1. Auflage 2023 | ISBN: 978-3-36862-113-1

Verlag: Outlook Verlag GmbH, Zeilweg 44, 60439 Frankfurt, Deutschland
Vertretungsberechtigt: E. Roepke, Zeilweg 44, 60439 Frankfurt, Deutschland
Druck: Books on Demand GmbH, In de Tarpen 42, 22848 Norderstedt, Deutschland

Maria (blickt auf ihn nieder).

Ein Sohn war Dir vom Schicksal zugedacht, wie ihn herrlicher die Welt nicht trug. Du hast seinen Werth gekannt und triebst ihn hinaus in den Tod. Eine Tochter hast Du gehabt. Du hast mich geliebt. Ich weiß es. Ich danke Dir. (Sie beugt sich nieder, küßt ihn auf das Haupt) So reich bist Du gewesen — so arm bist Du geworden. Armer Mann, lebe wohl. (Sie geht hinaus, über den Hof hinweg, man hört die Gitterpforte ins Schloß fallen.)

Erasmus (am Boden knieend, wie vorhin).

Maria! Maria!

Eppendorf.

Wen ruft Ihr? Es ist niemand mehr da.

Erasmus (das Gesicht in die Hände gedrückt).

Niemand mehr da! Und ein alter Mann bleibt einsam in der alten Welt!

(Vorhang fällt.)

Ende des Stückes.

Die
Tochter des Erasmus.

Schauspiel in vier Akten

von

Ernst von Wildenbruch.

Berlin,
G. Grote'sche Verlagsbuchhandlung.
1900.

Den Bühnen gegenüber Manuscript.
Aufführungsrecht durch Felix Bloch Erben in Berlin.

Gedruckt bei Robert Schroth in Berlin S.

Personen.

~~~~~~

Erasmus von Rotterdam.

Maria, seine natürliche Tochter.

Katharina von Glornig, Maria's Mutter.

Konrad Peutinger, Patrizier von Augsburg.

Frau Peutinger.

Konstanze, beider Tochter.

Ulrich von Hutten
Crotus Rubianus
Cochläus
Eoban Hesse
Heinrich von Eppendorf
Hermann von dem Busche
} junge Dichter, Gelehrte, Schrift-
steller, genannt Humanisten.

Herzog von Najera
Herzog von Alba
} Spanische Granden.

Der Edle von Zevenberghen
Don Ignacio
} im Dienste König Karls von Spanien.

Eytelwolf vom Stein
Capito
} im Dienste des Erzbischofs und Kurfürsten
Albrecht von Mainz.

Ein Kurfürstlicher Hauptmann.

Doktor Johann Eck.

Johannes Froben
Basilius Amerbach
} Bürger von Basel.

Georg von Frundsberg, Kaiferlicher Kriegs-Oberft.

Allgaier, Hauptmann der Landsknechte.

Leutgeber ⎫
           ⎬ Dienstboten des Haufes Peutinger.
Afra   ⎭

Hammbrocht, Diener des Erasmus.

Faßberner   ⎫
              ⎬ Landsknechte.
Hammersbach   ⎭

Grantbieter   ⎫
              │
Jodok'   │
              ⎬ vom Volk von Augsburg.
Bergmaier   │
              │
Philomena   ⎭

Nikodem (genannt der Fisch), Marketender.

Arnold, fein Sohn (zehn Jahre alt).

Ein Bote des Rathes zu Augsburg.

Männer und Frauen des Volks zu Worms.
Deutfche Landsknechte. Spanifche Soldaten. Bauern.

━━━━━━

Ort der Handlung:
1. Akt in Augsburg. 2. Akt in Mainz. 3. Akt in Worms.
4. Akt in Bafel.

━━━━━━

Zum erften Male aufgeführt am Königlichen Schaufpielhaufe
zu Berlin am 10. März 1900.

Erster Akt.

(Scene: Ein geräumiger Saal im Hause Konrad Peutingers zu Augsburg. Die Wände sind mit Holz getäfelt; Bilder sind in die Wände eingelassen: der ganze Raum zeigt die schwere Pracht eines reichen Patrizier-Hauses. In der Mitte der Hinterwand ist die Haupteingangsthür; rechts eine kleinere Thür, die über einige Stufen in die Gemächer des Hauses führt. Ganz im Vordergrunde links ist ein tiefer Fenster-Erker. Im Saale sind kleine Tische aufgestellt, mit Stühlen darum her. Unter dem Fenster des Erkers geht ein Rund-Sopha entlang. In der Mitte des Erkers steht ein Tisch, auf dem weibliche Handarbeiten liegen. Auf dem Sopha liegt, nachläſſig hingeworfen, ein koſtbarer kleiner Pelz-beſetzter Frauen-Mantel.)

Erster Auftritt.

Männer und **Frauen** (aus den unterſten Klaſſen, in dürftiger Kleidung, ſtehen an der Hinterwand). **Katharina von Glornig** (ſteht hinter ihnen, von ihnen verdeckt). **Leutgeber, Afra** (ſtehen etwas mehr nach vorn, hinter je einem Tiſche. Auf dem einen dieſer Tiſche ſtehen Körbe mit Backwerk, auf dem anderen große Bierkrüge und kleinere Weinkrüge).

Leutgeber
(hält einen beſchriebenen Zettel in der Hand, an dem er buchſtabirt).

Afra, geh her — (reicht ihr den Zettel) was hat der Herr Peutinger geſagt, daß ein jeder haben ſoll?

Afra (nimmt ihm den Zettel ab.)
Kannſt's nicht leſen?

Leutgeber.
Leſen — ſchon —

Philomena.
Alſo wer wehrt's Dir?

Afra (blickt in den Zettel).
Einen Laib Roſinenbrod ſoll männiglich haben und eine halbe Kanne Wein, oder eine ganze Kanne Bier — je nachdem.

5

Die Tochter des Erasmus.

Brotbieter.

Gesegn' es Gott, Frau Afra.

Männer und Frauen.

Gesegn' es.

Afra.

Nicht die Afra giebt's, sondern der Herr Peutinger.

(Sie wollen an die Tische heran treten.)

Afra (winkt sie zurück).

Obacht zuvor — das alles gilt nur für die Kostgänger vom Haus Peutinger.

Philomena.

Für Andre wächst das Habermus anderswo.

Afra (zeigt auf einen Mann).

Da seh' ich den Jodok. Was schaffst denn Du hier? Holst Dir doch sonst Deine Suppe bei den Dominikanern?

Jodok.

Bei den Dominikanern giebt's heute nichts.

Afra.

Giebt es nichts? Ist der Kaiser Max nicht in der Stadt? Ist das kein Festtag für die Dominikaner, was ein Festtag ist für die alle übrige Stadt?

Jodok.

Wär' schon — sind aber daneben noch zwei Andere in der Stadt. Heißt's, daß den Dominikanern alle Festfreude durch die versalzen ist.

Afra.

Wer denn?

Jodok.

Aus Wittenberg der — Augustiner.

Afra.

Der Bruder Martin?

6

Jodok.

Jetzt eben ist er im Kloster, wo ihn der hochwürdige Herr Kardinal hinbestellt hat.

Afra.

Ein Kardinal ist auch da?

Jodok.

Heißt, daß er den Bruder vermahnen thut wegen abgöttischer Ketzerei.

Afra.

Und der Andere?

Jodok.

Soll ein Schlimmer sein. Ein Gelehrter heißt's; aus dem Brabant. Den Doktor Erasmus nennen sie ihn.

Afra (stemmt die Hände in die Hüften).

Und mit solch einer Weisheit kommst Du in dem Herrn Peutinger sein Haus? Weißt denn Du nicht, daß der Herr Doktor Erasmus zu Gast ist bei dem Herrn Peutinger und hier im Hause wohnt?

Jodok.

Also ist's wahr.

Afra.

Du Dompfaff von die Dominikaner! Hans Schnüffelmann! Scheint mir, bist extra nur hergekommen, daß Du uns auskundschaftest für Deine Gebrüder?

Jodok.

Das nicht.

Afra.

Aber jetzt machst, daß Du unsere Thür von außen zuthust; für Dich wächst kein Rosinenbrod im Herrn Peutinger seinem Haus!

Jodok.

Soll ich nichts haben?

7

Afra.

Einen Katzenkopf sollst haben, wenn Du nicht gleich auf der Stelle gehst!

Jodok.

Also ist's doch wahr, daß dem Peutinger sein Haus eine Herberge ist für die Gottlosen und Ketzer!

Afra.

Du — Laps! Leutgeber, und Du stehst wie eine siebenpfündige Kirchenkerze und rührst Dich nicht!

Leutgeber.

Was soll ich denn?

Afra.

Am Hals ihn nehmen und hinausthun vor die Thür!

Leutgeber.

Also will ich — (Macht Miene sich auf Jodok zu stürzen.)

Jodok.

Spart's Euch, Herr Leutgeber, geh' schon allein. Wär' mir ja schad' um mein Seelenheil, wenn ich was annehmen sollt' aus einem Haus, wo so einer wohnt.

Leutgeber (packt ihn am Kragen).

Machst, daß Du 'nauskommst!

Jodok (sträubt sich).

Bücher hat er ausgehen lassen, der Erasmus —

Grantbieter (packt gleichfalls zu).

Jetzt ist's aber schon genug mit Dir!

Jodok (wehrt sich, wird immer wüthender).

Verspottet hat er die frommen Mönche! Schlecht gemacht die lieben Heiligen!

Afra.

Thut ihn hinaus — den —

Männer und Frauen (werfen sich auf Jodok).

Hinaus mit ihm!

8

Jodok

(während er durch die Mittelthür hinausgeworfen wird).

Ein Malefiz! (Ab.)

Afra (geht schnaufend auf und ab).

Ach — so einer —

Leutgeber (kommt von der Thür zurück).

Also gieb Dich — er ist hinaus.

Afra.

Der Doktor Erasmus —

Grantbieter.

Gebt Euch, Frau Afra —

Männer und Frauen (besänftigend).

Gebt Euch, gebt Euch —

Afra.

Solch ein Hochgelehrter! Eine gloria mundi hat der Herr
Peutinger ihn genannt; mit eigenen Ohren hab' ich's gehört.

Leutgeber.

So laß die Dominikaner an ihm picken; fragt ihnen ja
niemand in Augsburg mehr nach.

Afra.

Solch eine Ehre, daß er bei uns wohnt! Was der Fugger
ist, der Anton, gleich zerreißen hat er sich gewollt, daß er bei
ihm wohnen sollte, der Doktor Erasmus. Und da kommt
solch ein Schmutzian —

Leutgeber.

Geh her, daß die Leute das Ihrige bekommen.

Afra.

Also kommt auch.

(Männer und Frauen treten heran.)

Afra (zum ersten Mann).

Was schaffst? Bier oder Wein?

9

Philomena (zum ersten Mann).

Weißt halt, Du nimmst ein Bier, ich einen Wein; nachher haben wir beides.

Afra (austheilend).

Also da habt Ihr — der Kaiser Max hat von ihm gesagt, er ist eine Perle.

Leutgeber.

Da steckt ja einer zwei Laib Rosinenbrod ein?

Afra.

Ah, so etwas —

Bergmaier.

Eines für mich, das andre für mein Weib, das nicht hat mitkommen können.

Afra (nimmt ihm den einen Laib ab).

Wer nicht selbst kommt, kriegt nichts. Von England, der König, hat ihn eingeladen, daß er bei ihm wohnen sollt' — (zu Bergmaier) nu — stehst noch immer?

Bergmaier.

Also gebt mir das, was für den Schmußian bestimmt war, den Jodok.

Afra.

Ein Schmußian, 's ist wahr — da hast Du — (Steckt ihm einen zweiten Laib zu.)

Leutgeber.

Jetzt ist's aber rein ausgetheilt alles.

Afra.

Also geht nach Haus und sagt: gesegne es Gott dem Herrn Peutinger.

Männer und Frauen (Brod-Laibe und Krüge in Händen).

Gesegne es Gott dem Herrn Peutinger.

Afra.

Amen.

Philomena.

Schön' Dank auch, Frau Afra.

Männer und Frauen.

Schön' Dank, Frau Afra.

Afra.

Iſt gut ſchon, iſt gut.

(Männer und Frauen gehen durch die Mitte ab.)

Leutgeber

(Katharina gewahrend, die noch an ihrer Stelle ſteht).

Da — iſt ja noch Eines? Wer iſt denn das?

Afra (zu Katharina).

Kenn' Euch ja gar nicht? (Sie muſtert Katharina's Kleidung.)
Seht doch nicht aus, als kämt Ihr um Gotteswillen her?

Katharina.

Nicht, daß Ihr mir Roſinenbrod geben ſollt, oder Bier,
oder Wein. Möchtet Ihr mir etwas anderes thun?

Afra.

Was?

Katharina

(zeigt auf das Frauen-Mäntelchen, das vorn im Erker liegt).

Das Mäntelchen da, gebt's mir für einen Augenblick.

(Leutgeber und Afra treten verdutzt etwas nach vorn.)

Leutgeber (halblaut).

Verſtehſt denn Du das?

Afra (zu Katharina).

Das — da?

Katharina.

Nur für einen Augenblick.

Afra (zu Leutgeber).

Gehört dem fremden Fräulein, das mit dem Doktor
Erasmus iſt. Sie ſagen, es iſt ſeine Tochter.

Katharina.

Heil und unverſehrt ſollt Ihr es zurückhaben.

11

Afra (nimmt zögernd das Mäntelchen auf).

Leutgeber.

Willst es ihr geben?

Katharina (greift in die Tasche).

Geld, wenn Ihr's thut, will ich Euch schenken.

Leutgeber (stößt Afra an).

Geld hat sie.

Afra (zu Katharina).

Laßt Euer Geld, wo es ist. (Zu Leutgeber) Geh', stell' Dich an die Thür, daß sie nicht davon geht.

Leutgeber (geht an die Mittelthür).

Afra (zu Katharina).

Also denn — aber Obacht gegeben mit dem feinen Habit.

Katharina
(kommt stürmisch nach vorn, reißt das Mäntelchen an sich, drückt Lippen und Gesicht hinein).

Margaretha! Margaretha!

Zweiter Auftritt.

Frau Peutinger (kommt aus den inneren Gemächern von rechts, bleibt überrascht, indem sie Katharina und deren Thun gewahrt, auf den Thürstufen stehen; Katharina, die ihr den Rücken zukehrt und ihr Kommen nicht bemerkt hat, fährt fort, das Gesicht in das Mäntelchen zu drücken; dabei strömen ihr die Thränen über die Wangen).

Afra
(geht zu Frau Peutinger in den Hintergrund, spricht halblaut zu ihr, indem sie auf Katharina deutet).

Sie ist hereingekommen, vorhin mit den Andern. Hernach, wie die hinaus gewesen sind, hat sie gestanden und verlangt, daß wir ihr das Mäntelchen in die Hand geben sollten. Ich hab's endlich gethan; sie hat so was an sich — absonderliches.

Frau Peutinger.

Hast sie nicht gefragt, wer sie ist?

12

Afra.

Soll ich's thun?

Frau Peutinger.

Geh' Du mit Deinem Mann. Ich will ſelbſt zu ihr
ſprechen.

Afra (geht raſch zu Katharina nach vorn).

Ihr — was ich ſage: die Frau Peutinger iſt gekommen.
(Geht an die Mittelthür, giebt Leutgeber einen Wink; beide gehen ab.)

Frau Peutinger
(kommt mit langſamen Schritten nach vorn, bis daß ſie neben Katharina ſteht).

Katharina
(hat das Mäntelchen geſenkt, ohne es aus den Händen zu laſſen, wendet ſich, mit
leichter Reigung, zu Frau Peutinger).

Entſchuldigt mich, Frau Peutinger; ich bin Euch ins Haus
gedrungen. Unrechtes hab' ich nicht gewollt.

Frau Peutinger.

Ihr habt nach dem Mäntelchen verlangt? Liegt Euch ſo
daran?

Katharina.

Ja.

Frau Peutinger.

Wißt Ihr, wem es gehört?

Katharina.

Meinem Kinde.

Frau Peutinger.

Euerem —? Es iſt der Tochter des Herrn Erasmus?

Katharina.

Das iſt auch meine Tochter.

Frau Peutinger.

Alſo ſeid Ihr die —

Katharina (ſetzt ſich ſchwer auf das Sopha nieder).

Ja — die bin ich.

13

Frau Peutinger
(geht einmal, wie unschlüssig, auf und nieder, bleibt dann bei Katharina stehen berührt ihre Schulter).

Frau — Ihr dürft mich nicht mißverstehn.

Katharina.
Warum nennt Ihr mich Frau?

Frau Peutinger.
Wie sollt' ich sonst sagen?

Katharina.
Nach Eures Herzens Meinung, nicht nach Barmherzigkeit.

Frau Peutinger.
Meines Herzens Meinung kommt aus dem, was mir der Herr Erasmus von Euch gesagt hat.

Katharina.
Hat er von mir gesprochen?

Frau Peutinger.
Und immer mit großer Achtung.

Katharina (lacht bitter vor sich hin).

Frau Peutinger.
Warum lacht Ihr?

Katharina
(springt stürmisch auf, indem sie das Mäntelchen auf das Sopha schleudert).

Weil ich daran gedachte, was ich ihm gegeben habe! Das war etwas anderes, als Achtung!

Frau Peutinger.
Ihr — gabt ihm —

Katharina
(die auf und nieder gestürmt ist, bleibt stehen, breitet beide Arme aus).

Alles! (Sie läßt langsam die Arme finken, sagt halblaut) Nun hört Ihr's, was Ihr schon vordem mußtet.

Frau Peutinger (sehr verlegen).
Ja — ich kann nicht anders sagen — leicht wird's mir nicht, mich dahinein zu finden.

14

Katharina.

Wißt Ihr, wie wir bekannt geworden? Ist's Euch bekannt, daß er im Kloster war?

Frau Peutinger.

Im Kloster Emaus bei Stein.

Katharina.

Wo er sich hatte einfangen lassen, der arme Mann, der schwache, furchtsame Mann — ach, seine Schwäche und Furchtsamkeit — das ist's!

Frau Peutinger.

Ein Mann, den die ganze Welt verehrt.

Katharina.

Als noch kein Mensch ihn verehrte, habe ich es gethan. Eine halbe Stunde Wegs von Kloster Stein liegt Gouda die Stadt; dort habe ich gewohnt, dort hat er mich kennen gelernt. Wenn Ihr ihn gesehen hättet! So matt, so blaß, so krank; und dann, wenn er sprach! Als müßten die Gedanken den Leib verzehren, aus dem sie hervorkamen, wie flammendes Feuer! Und dazu immer die sehnenden Augen, darin geschrieben stand „hilf mir". Eine Stimme ist aufgesprungen in meinem Herzen „hilf ihm". Blumen habe ich ihm hingestellt, daß er den Gestank vergäße seines greulichen Klosters — es war nicht genug. Speisen und Wein, daß er sein Refectorium vergaß — war alles nicht genug. „Hilf ihm besser" hat die Stimme in mir gesagt, „gieb ihm mehr! Siehst nicht, wie der herrliche Geist im Kloster verkommt? Wie er zum Menschen werden möchte, der arme Mönch? Hilf ihm, daß er ein Mann wird". (Die Stimme versagt ihr) Und da — (Pause.) Wundert Euch, daß ich Euch das alles so erzähle?

Frau Peutinger.

Ich verstehe wohl jetzt, was er gemeint hat —

Katharina.

Was hat er gemeint?

15

Frau Peutinger.

Möcht's lieber nicht sagen.

Katharina.

Sagt's.

Frau Peutinger.

Daß eigentlich Ihr es gewesen seid, die ihn zuerst geliebt hat.

Katharina.

Er hat Euch die Wahrheit gesagt. Er ist von denen, die immer jemanden brauchen, der sie rettet. Die Menschen zeigen mit Fingern auf mich — die Menschen wissen nicht, daß ich ihnen den großen Erasmus gerettet habe.

Frau Peutinger.

Aber — er hatte das Gelübde gethan.

Katharina.

Freilich.

Frau Peutinger.

Wußtet Ihr's?

Katharina.

Freilich wußt' ich's.

Frau Peutinger.

Aber dann —

Katharina.

Hätt' ich sollen vorsichtiger sein? Aber wenn man jemanden geliebt hat, und noch immer liebt?

Frau Peutinger.

Aber nun — was verlangt Ihr?

Katharina.

Jetzt kann er mich zu seinem Weibe machen, jetzt soll er's thun.

Frau Peutinger.

Hat er es Euch an etwas fehlen lassen?

16

Katharina.

Freigebig hat er mich beschenkt. Seht, was ein Kleid ich trage. Zu Löwen in Brabant, ein schön gerichtetes Haus, das ihm gehört, ich wohne darin.

Frau Peutinger.

Ehelichen aber kann er Euch nicht.

Katharina.

Er kann's.

Frau Peutinger.

Er hat das Gelübde gethan. Sein Gelübde besteht.

Katharina.

Nicht vor ihm selbst. Ich habe in seinen Büchern gelesen. Seine Seele weiß von dem Gelübde nicht mehr.

Frau Peutinger.

Aber vor der Kirche und der Welt.

Katharina.

Da kommt's! Ihr habt mit ihm gesprochen — hat er Euch das gesagt?

Frau Peutinger.

Da Ihr mich fragt — er hat es mir gesagt.

Katharina
(sinkt auf das Sopha nieder, schlägt die Hände vor's Gesicht).

Seht Ihr's? Seht Ihr's? So muthig in seinen Büchern, und vor den Menschen solche Furcht!
(Pause.)

Frau Peutinger.

Ihr dürft ihm deshalb nicht zürnen.

Katharina.

Wie soll ich ihm zürnen, daß die Natur ihn gemacht hat, wie er ist. (Sie trocknet sich die Augen, steht auf.) Sie sagen, es kommt eine neue Zeit. In Wittenberg ist ein Mann aufgestanden, der eine wunderbare Lehre bringt.

Frau Peutinger.

Sprecht Ihr vom Martin Luther?

Katharina.

Martin Luther — ich hatte den Namen vergessen. Sie sagen, er verkündet, daß Wort und Gelübde nichts sind vor Gott, wenn die Seele sie nicht thut.

Frau Peutinger.

So glaub' ich, daß er sagt.

Katharina.

Frau Peutinger — man muß erlebt haben, was ich erlebte, um zu fühlen, welch ein Erlöser das ist!

Frau Peutinger.

Aber was hat er mit dem Herrn Erasmus zu thun?

Katharina.

In Löwen ist ein Gerede, der Erasmus sei auf dem Weg nach Wittenberg, die Lehre des Martin Luther anzunehmen. Glaubt Ihr's?

Frau Peutinger.

Ich meine, ein Mann wie der Herr Erasmus, holt sich bei keinem Anderen die Weisheit.

Katharina (steht, ohne zu antworten, gesenkten Hauptes).

Frau Peutinger.

Ich möchte nicht, daß Ihr mich ungastlich scheltet —

Katharina (fährt mit dem Haupte auf).

Ich soll geh'n?

Frau Peutinger.

Der Herr Erasmus wohnt bei uns — ich glaube, es wäre ihm nicht lieb, Euch zu begegnen.

Katharina
(sinkt wieder auf das Sopha, bricht in leidenschaftliche Thränen aus).

Frau Peutinger.

Frau — Frau — es thut mir ja weh, Euch solches sagen zu müssen.

18

Katharina.

So gebt mir mein Kind wieder! Es wohnt bei Euch.

Frau Peutinger.

Wie kann ich's, wenn der Herr Erasmus es nicht erlaubt?

Katharina.

Er wird's nicht wollen?

Frau Peutinger.

Er hängt ja so zärtlich an dem Kinde.

Katharina.

Wißt Ihr das?

Frau Peutinger.

Schier abgöttisch. Jeden Tag ein neues Gewand, eine Spange, einen Schmuck.

Katharina (steht auf).

Ich will Euch etwas sagen: wenn er sie beschenkt und behängt, wißt Ihr, wen er schmückt? Sich selbst.

Frau Peutinger.

Ich sage Euch, daß er sie liebt.

Katharina.

Er liebt in Allem nur sein eignes Ich.

Frau Peutinger.

Vorhin meint' ich zu versteh'n, Ihr liebtet ihn noch?

Katharina.

Obschon ich ihn kenne — das ist mein Unglück. Jahre lang hat er dem Kinde nicht nachgefragt. Dann, als er nach England ging und über Löwen kam, hat er's bei mir geseh'n. Mit einemmale hat's ihn gepackt; zu einer herrlichen Jungfrau war sie erwachsen, aus meinen Armen hat er sie genommen, zu sich. Warum? Der Stolz ist es gewesen, Vater zu sein zu solch einem schönen Geschöpf! Die Eitelkeit —

Frau Peutinger.

Eitel — keit?

Katharina.

Aus Eitelkeit — und ich sterbe in dem Kind!

Frau Peutinger.

Ich glaube gewiß, Ihr thut ihm Unrecht.

Katharina.

Frau Peutinger — die berühmten Männer! Ihr wißt
nicht, wie der menschliche Geist sich in sich selbst verlieben kann!
(Pause. Außerhalb der Scene, von links, von der Straße her, erhebt sich viel-
stimmiges Geräusch.)

Frau Peutinger
(tritt an das Erkerfenster, öffnet es ein wenig, blickt hinaus).

Die Feier, scheint es, ist zu Ende.

Katharina.

Eine — Feier?

Frau Peutinger.

Der Kaiser Max hat den Ritter Ulrich von Hutten zum
Dichter gekrönt. Meine Tochter war dabei mit — Euerer
Tochter. Gleich werden sie hier sein.

Katharina.

So werd' ich sie seh'n.

Frau Peutinger
(schließt das Fenster, kommt vom Fenster zurück).

Nein — Ihr müßt sie nicht erwarten.

Katharina.

Ihr weist mir die Thür?

Frau Peutinger.

Ich weiß nicht, ob der Herr Erasmus geahnt hat, Ihr
würdet kommen — er hat's mir auf die Seele gebunden, zu
verhindern —

Katharina.

Daß ich mein Kind auch nur sehen soll?

Frau Peutinger.

Er ist unser Gast. Ich hab's ihm versprochen.

20

Katharina.

Also haltet Euer Versprechen. Die Straße gehört Euch nicht. Auf der Straße werde ich sie seh'n. (Sie wendet sich zum Abgang nach der Mitte.)

Frau Peutinger (geht ihr nach).

Frau — Frau — warum wollt Ihr Euch selbst solches Leid bereiten?

Katharina (kommt nach vorn zurück).

Welches Leid? Was meint Ihr?

Frau Peutinger.

Zwingt mich nicht immer, Euch weh zu thun.

Katharina.

Welches Leid?

Frau Peutinger.

Euer Kind verlangt nicht nach Euch.

Katharina.

Frau Peutinger! Habt Ihr das von ihr selbst?

Frau Peutinger.

Da Ihr es wissen wollt — ja.

Katharina
(steht einen Augenblick wie erstarrt, wendet sich kurz um).

Frau Peutinger (deutet auf die Thür rechts).

Geht hier entlang.

Katharina (bleibt stehn, wendet sich noch einmal nach vorn).

Von hier nach Wittenberg — ist das weit?

Frau Peutinger.

Wolltet Ihr — dahin?

Katharina (ringt schweigend die Hände).

Frau Peutinger.

Aber wenn es der Martin Luther ist — der ist nicht in Wittenberg, der ist hier.

Katharina.

In Augsburg?

Frau Peutinger.

Bei den Dominikanern —

Katharina (sieht sich, wie taumelnd, um).

Wo soll ich entlang geh'n?

Frau Peutinger.

Da könnt Ihr nicht zu ihm.

Katharina.

Wo soll ich entlang geh'n?

Frau Peutinger.

Hört mich doch —

Katharina.

Sagt mir nichts! Einen Menschen möcht' ich — einen
Menschen! (Geht nach rechts ab.)

Dritter Auftritt.

Konstanze Peutinger, Maria (kommen durch die Mitte. Beide reich gekleidet,
Maria mit auserlesener Pracht, ein Diadem im Haar).

Konstanze
(geht mit hochrothen Wangen lachend auf die Mutter zu und wirft sich in deren
Arme).

Die Maria, Mutter — was sie komisch ist!

Frau Peutinger.

Was thut sie?

Konstanze.

Sie sagt, nicht Konstanze sollt' ich heißen, sondern —
(zu Maria gewandt) wie war's?

Maria
(ruhig, mit einem kaum wahrnehmbaren etwas spöttischen Lächeln im feinen, blassen
Gesicht).

Stephania.

Frau Peutinger (zu Maria).

Warum Stephania?

22

Maria.

Eine die Kränze flicht, nennt man so im Griechischen.

Konstanze (drückt sich kichernd an die Mutter).

Weil ich dem Ritter von Hutten den Lorbeer geflochten hatte.

Frau Peutinger.

Könnt Ihr Griechisch?

Maria.

Ich lerne es.

Frau Peutinger.

Bei Eurem Vater? Hat er Zeit dazu?

Maria (setzt sich matt auf das Sopha).

Für mich doch.

Konstanze

(eilt hinzu, schiebt ihr ein Kissen in den Rücken, ein Kissen unter die Füße).

So — damit Du besser sitzest.

Maria

(nimmt Konstanze bei den Ohren, sieht ihr ins Gesicht).

Schlecht aufgesetzt hatte ihn Dein Ritter; er hing ihm schief.

Konstanze (richtet sich lachend auf).

Man meint, sie giebt Obacht auf nichts — nachher hat sie alles gesehn.

Frau Peutinger.

Habt Ihr Euch den Kaiser Max angesehn?

Maria.

Er sieht aus — er wird bald sterben.

Frau Peutinger (erschreckend).

Um Gott —? Dann giebt's Unruhe im Reich.

Maria.

O nein — dann kommt der König Karl von Spanien.

Frau Peutinger.

Andere sagen, der König Franz von Frankreich.

Maria.

O nein.

Konstanze.

Sprichst ja rein wie ein Politikus?

Maria.

Mein Vater hat's gesagt.

Frau Peutinger.

Der weiß es?

Maria (nimmt das Mäntelchen auf, das neben ihr liegt).

Mein Vater — (Sie tastet an dem Mäntelchen) Was ist denn hier?

Konstanze.

An dem Mäntelchen?

Maria.

Ist ja feucht? (Schüttelt sich vor Ekel.) Pfui!

Frau Peutinger.

Kind — sagt nicht pfui dazu!

Maria.

Ist aber — so unangenehm.

Frau Peutinger (nimmt ihr das Mäntelchen ab).

Wenn es feucht ist — so glaub mir — geh Du, Konstanze, daß alles bereit ist, wenn die Männer zum Festtrunk nachher kommen.

Konstanze.

Will zusehn, Mutter. (Zu Maria) Geh her, darf ich Dir noch einen Kuß geben?

Maria.

Aber Du küssest immer so stark.

Konstanze.

Also ganz leise, daß sich Dein Krönlein nicht verschiebt. (Sie nimmt Maria's Gesicht in beide Hände, küßt sie zärtlich.) Glaub' gar, Du bist eigentlich ein verzaubertes Königskind?

Maria.

Verzaubert?

24

Konstanze.

Ah — Du meinst, es braucht der Verzauberung nicht, weil Du ein wirkliches bist? O Du — Kind von dem Gelehrten-König! (Sie will abgehen.)

Maria (hält sie an einem Finger fest).

Mein Vater hat von Deinem Ritter gesprochen; Du kannst zufrieden sein. Er hat gesagt, der Hutten ist ein Talent.

Konstanze.

Jetzt sag', warum Du immer von meinem Ritter sprichst? Hast nicht gesehn, wie er nur Augen gehabt hat für Dich?

Maria (rümpft die Nase).

Ich schenk' ihn Dir.

Konstanze (auflachend).

Schenkt ihn mir! Du Prinzeß Ueberfluß, hast alle Taschen voll?

Maria (achselzuckend).

Solche verliebte Männer —

Konstanze.

Was ist's damit?

Maria.

Es ist doch kindisch.

Konstanze (springt auf).

Ah Du — Du Kräutlein „Rühr' mich nicht an"! Jetzt geh' ich, Mutter! Sie giebt einem Räthsel auf! Jetzt geh' ich! (Ab nach rechts.)

Frau Peutinger.

Kind, was Ihr manchmal seltsame Worte auskramt.

Maria.

Hab' so viel Erfahrung. Mit meinem Vater bin ich herumgewesen in aller Herren Ländern.

Frau Peutinger.

Euer Vater nennt Euch Maria — Andere nennen Euch Margaretha?

25

Maria.

Früher hieß ich so, als ich bei der Frau war. (Kurz auflachend) Der Löwin.

Frau Peutinger.

Wen — nennt Ihr so?

Maria.

Mein Vater nennt sie so. Weil sie in Löwen wohnt, und weil — (Lacht wieder.)

Frau Peutinger.

Und weil —?

Maria.

Weil sie hinter mir drein geht, wie der Löwe, mich zu verschlingen.

Frau Peutinger.

Ich glaube — es ist Eure Mutter?

Maria.

Ja, früher.

Frau Peutinger.

Hört denn so etwas auf?

Maria.

Mein Vater hat gesagt, jetzt ist er mein Vater und meine Mutter.

Frau Peutinger.

Sie liebt Euch.

Maria.

Das thun sie ja Alle.

Frau Peutinger.

Verlangt Ihr nicht nach ihr?

Maria.

O nein.

Frau Peutinger.

Nicht?

Maria.

Meine Mutter hat Macht gehabt über mich; mein Vater, über den habe ich Gewalt. Bei meinem Vater ist es schöner.

Frau Peutinger.

Den liebt Ihr?

Maria.

Alle Könige schreiben an ihn, alle Bischöfe. Eine Stube hat er voll Briefen, ich habe sie alle gelesen.

Frau Peutinger.

Also den liebt Ihr?

Maria.

Neulich sogar der König von Polen —

Frau Peutinger.

Aber liebt Ihr denn Euren Vater?

Maria (nachdenkend).

Muß man denn jemanden lieben?

Frau Peutinger.

Habt Ihr noch nie das Bedürfniß gefühlt?

Maria (müde lächelnd).

Sie thun es ja auch so.

Frau Peutinger (kopfschüttelnd).

Kind — Kind —

(Außerhalb der Scene erhebt sich stürmischer Zuruf.)

Frau Peutinger.

Da rufen sie Einem zu.

Maria.

Es wird mein Vater sein.

Frau Peutinger.

Oder der Kaiser. (Sie öffnet das Erkerfenster) Ihr habt Recht gehabt, es ist der Herr Erasmus, Euer Vater.

Maria.

Sind es die Humanisten?

27

Frau Peutinger.

Heißt man sie so? Die jungen Gelehrten, die bei der Krönung gewesen sind, des Ritters von Hutten.

Maria.

Sie sind sein Heergefolge.

Vierter Auftritt.

Erasmus (im Pelz-besetzten Rock), Konrad Peutinger (kommen durch die Mitte. Indem die Thür sich öffnet, verstärkt sich das Rufen draußen; man sieht im Hintergrunde eine Anzahl von jungen Männern).

Erasmus (winkt grüßend nach dem Hintergrunde).

Meinen Dank der Freundlichkeit. (Zu Peutinger, der die Thür schließt) Kommen die jungen Herren nicht herein?

Peutinger
(der eine große, in rothen Sammet gefaßte Rolle in der Hand trägt).

Meister, sie kommen nachher. (Lächelnd) Ich glaube, sie wollen es feierlich machen. (Er zeigt auf die Tische) Ihr seht.

Erasmus.

Ich sehe ein Zechgelage kommen. O Ihr Goten!

Peutinger.

Goten?

Erasmus.

Mit Eurem Trinken. Deutschland gleicht dem Diogenes, es wohnt in der Tonne.

Peutinger.

Heut dürft Ihr nicht sorgen; Ulrich von Hutten, der den Reigen führt, ist kein Trinker.

Erasmus.

Der Hutten — er fesselt meine Gedanken, dieser Hutten, zieht mich an und stößt mich ab.

Peutinger.

Ihr habt keinen glühenderen Verehrer.

28

Erasmus.

Seine Schriften streicheln und kratzen. Witz und Schwung, daneben Wildheit und Schwarmgeisterei. Schwarmgeisterei ist mir verhaßt.

Peutinger.

Er schreibt, wie er ist; ein Kind und ein Berserker.

Erasmus.

Berserker — richtig bemerkt.

Peutinger.

Von Steckelberg ist er seinen Eltern davongegangen, ohne einen Pfennig in der Tasche.

Erasmus.

Wie thöricht.

Peutinger.

Aus Liebe zu den Wissenschaften.

Erasmus.

Wie herrlich.

Peutinger.

Wenn er hört, daß sein Vater über ihn wettert, lacht er; wenn er hört, daß seine Mutter um ihn weint, zerfließt er in Thränen.

Erasmus.

Ein Deutscher — ein Deutscher. — Ihr tragt das Rescript bei Euch?

Peutinger (holt ein Pergament aus der Kapsel).

Zu Eueren Diensten.

Erasmus
(nimmt das Blatt, entfaltet es, blickt leuchtenden Auges hinein).

Eine Freude hat mir der Kaiser bereitet. (Er kommt mit Peutinger nach vorn, reicht Frau Peutinger die Hand) Ehrsame Hausfrau —

Frau Peutinger (nimmt seine Hand).

Dem Herrn Erasmus gesegneten Tag.

Erasmus (steht vor Maria).

Und — Töchterlein?

Maria
(erhebt sich lässig, tritt zu ihm, bietet ihm, ohne die Arme zu erheben, die Wange).

Erasmus.

Darf man denn wohl umarmen?

Maria.

Wenn man vorsichtig ist.

Erasmus.

Der Schnack! Siehst Du, was ich in Händen halte? Jetzt bist Du vor Welt und Menschen mein Kind.

Maria.

War ich es nicht?

Erasmus.

Bisher nur vor mir selbst. Dies nennt man ein rescriptum principis, ein Erlaß, darin der Kaiser anerkennt, daß Du mein eheliches Kind bist. (Er steckt das Blatt in die Kapsel.)

Maria (greift nach der Kapsel).

Schenk' mir das!

Erasmus.

Zu was?

Maria.

Der rothe Sammet gefällt mir so.

Erasmus (lachend).

Gefällt ihr so! (Reicht ihr die Kapsel) Ich sagt' es Euch, Herr Peutinger, sie ist meine Moria, meine holde Thorheit. Das beste meiner Werke, das „Enkomion Moriae", ist mir in der Seele aufgegangen, als ich dies da sah, dies — (Er umarmt und küßt sie.)

Peutinger.

Das „Enkomion Moriae", das Lob der Thorheit ist's, zu dem sie Euch begeistert hat? Jungfrau, so seid Ihr Anlaß geworden zu einem unsterblichen Werk.

30

Maria (wendet sich achselzuckend ab).
Aber wenn man erst um Erlaubniß bitten muß —

Erasmus.
Zu was?

Maria.
Daß einem solch ein Kind gehören darf —

Erasmus.
Nur damit Du mir in legitimer Form gehörst. Wenn der
Geist durch die Welt rollen soll, müssen die Räder in Ordnung
bleiben. Die Räder, das sind die Formen. Darum sind die
Formen heilig. Versteht die Jungfer das?

Maria.
Ja, König.

Erasmus.
König?

Maria.
Der Humanisten.

Erasmus.
Ihr Mund ist wie die Rose; glühend in Farbe, duftend
von Geist! (Küßt sie voller Entzücken.)

Maria.
Ich aber, wenn ich ein König wäre, durch die Welt wollt'
ich ziehn; alles müßte sich beugen, so wie ich es will.

Erasmus.
Und Du an meiner Seite?

Maria.
Ja, mit der Trommel. (Geht hin und her, auf der Kapsel trommelnd.)

Erasmus (entzückt lachend).
Seht sie! Seht sie!

Maria (bleibt stehen).
Ich möcht' einmal einen Mann seh'n!

31

Frau Peutinger.

Wenn wir jetzt nicht geh'n, werdet Ihr Männer genug seh'n; gleich werden sie kommen.

Maria.

Glaubt Ihr, sie werden sich betrinken?

Erasmus (lachend).

Das könnte gescheh'n.

Frau Peutinger.

Aber Gott verhüt's.

Maria.

O Vater, wenn's so weit ist, mußt Du mich rufen?

Erasmus und Peutinger (lachen laut auf).

Frau Peutinger.

Kind, was sprecht Ihr? Kommt, kommt.

Maria.

Ich möchte einmal wilde Männer seh'n!

Frau Peutinger.

Jetzt nehm' ich Euch mit Gewalt. (Sie faßt sie an der Hand, zieht sie mit sich fort. Beide gehen rechts ab.)

Erasmus (nachdem er ihr nachgesehen hat).

Ihr wundert Euch, Herr Peutinger.

Peutinger.

Warum? Wenn ein Vater sein Kind liebt?

Erasmus.

Es ist etwas besonderes. Als wäre meine Seele verkörpert aus mir hervorgegangen. Moria hatt' ich sie nennen wollen; um ihr einen christlichen Namen zu geben, habe ich sie Maria genannt.

Peutinger (lächelnd).

Aber das mit den „wilden Männern" —

32

Erasmus.

Hat sie von der Mutter. Schier eine gewaltthätige Natur.
Ich hab' sie aus meiner Nähe thun müssen, um Ruhe zu be-
halten zum arbeiten.

Peutinger.

Die Tochter stört Euch nicht?

Erasmus.

Tagelang sitzt sie, liest und schweigt. Vom Schreibtisch
blick' ich zu ihr hinüber. Wenn ich sie ansehe, strömen mir
die Gedanken. Ihr Götter — hätt's nicht für möglich gehalten,
daß ich so einem Menschen anhangen könnte! Wenn sie mir
fehlte —

Peutinger.

Das Schicksal wird Euch davor bewahren.

Erasmus.

Seht diesen zarten Gliederbau. Sie ist so gebrechlich.

Fünfter Auftritt.

(Die Mittelthür wird von außen geöffnet.) **Crotus Rubianus, Cochläus,
Eoban Hesse, Heinrich von Eppendorf** (und andere Humanisten erscheinen.
Sie sprechen und lachen durcheinander).

Eppendorf (der zu hinterst geht).

Crotus, zur Linken! Eoban, Du sollst ihn an der rechten
Hand führen, so hat Laureatus bestimmt. (Er tritt herein.) Herr
Peutinger, ein freiwillig Blinder kommt Euch zu Gast.

Peutinger.

Ein freiwillig — Blinder?

Eppendorf.

Ulrich von Hutten, da er vernahm, daß Meister Erasmus
in Euerem Hause wohnt, hat uns geheißen, ihn vor ihn zu
führen, mit verbundenen Augen. Er will nichts sehen, bis daß
er Erasmus geseh'n.

Sechster Auftritt.

Ulrich von Hutten (die Augen mit einem Tuche verbunden, kommt durch die Mitte).
Crotus (führt ihn an der linken), **Eoban Hesse** (an der rechten Hand. Sie führen Hutten, bis daß er vor Erasmus steht).

Eppendorf.

Hutten, werde sehend, Du bist am Ziel.

Hutten.

Stehe ich vor Erasmus?

Erasmus.

Ihr steht vor Erasmus.

Hutten (auflauschend).

Eine Stimme — die ich bis heute nie vernahm!

Peutinger.

Erasmus spricht zu Euch.

Hutten.

Ihr Götter — (er reißt sich das Tuch von den Augen) Du — bist Erasmus?! (Er starrt ihn beinah wie gelähmt an.)

Erasmus (lächelnd).

Ich bin es.

Hutten.

Laß mich — Dich anseh'n; meine Gedanken haben in Deinem Antlitz geforscht, daß meine Augen bestätigen, was meine Gedanken mir von Dir gesagt. An diesem Lächeln erkenne ich ihn. (Wendet sich.) Freunde, Genossen und Brüder! Seit Platon's leuchtendes Auge sich schloß, war das Lächeln verloren gegangen der Welt, hatte sich geflüchtet vor dem Eifern und Geifern polternder Mönche. Das Lächeln, das Wahrzeichen der Gebieterschaft im Antlitz des Menschen — das Zeugniß unserer Verwandtschaft mit den seligen Göttern, der unterscheidende Zug zwischen uns und dem Thier. Es war verloren und ist wiedergewonnen; der es uns wiederbrachte, hier steht er, Erasmus!

Alle Humanisten (jauchzend).

Erasmus! Erasmus!

34

Siebenter Auftritt.

Afra, Leutgeber, Peutinger'sche Diener (kommen von rechts mit Weinkrügen und Bechern, stellen Krüge und Becher auf die Tische. Die Humanisten greifen zu, schenken sich ein, trinken).

Hutten.

Ein augenloser Cyklop, so taumelte die Welt dahin, anstoßend bei jedem Schritt an Vorurtheil und Aberglauben, verloren im Dunkel, tastend nach führender Hand — bis daß ein Auge aufbrach in der augenlosen Stirn, eine Flamme schlug auf aus der dunklen Menschheit — Brüder, Genossen, das Auge der Welt, hier seht es, Erasmus!

Alle Humanisten (Becher schwingend).

Erasmus! Erasmus!

Eppendorf.

Trink' eins, Hutten!

Afra (bietet ihm einen Becher).

Trinkt auch, Herr Ritter.

Hutten.

Was brauche ich Eueren Wein, wo mich Liebe berauscht? Denn ich liebe Dich, Erasmus! Ich danke Dir, Erasmus! Vater und Mutter hab' ich verlassen — Heimath waren mir Deine Schriften. Hunger und Durst hab' ich gelitten — Speise und Trank waren mir Deine Worte. Durch Welschland bin ich gezogen, ich habe gehört, wie sie uns Deutsche verachten, diese hochmüthigen Welschen — eine Keule trug ich zur Hand, mit der ich ihre Häupter zur Demuth zwang, bei dem Namen Erasmus wurden sie still!

Eppendorf (nöthigt Hutten einen Becher auf).

Trink' mit uns, Hutten, thu' uns Bescheid!

Hutten (den Becher erhebend).

Einen Trinkspruch denn: wir fürchten uns nicht vor Gespenstern, denn wir glauben nicht mehr daran.

Alle Humanisten (murmelnd).

Recht. Recht.

Hutten.

Wir lassen uns nicht mehr vorlesen aus dem Buch, wir haben selber lesen gelernt!

Alle Humanisten (lauter murmelnd).

Recht. Recht.

Hutten.

Nicht Fürsten und Pfaffen gehört die Welt, sondern dem Geist. Die Geister sind erwacht; es ist eine Freude zu leben!

Alle Humanisten (in tosendem Jubel).

Hutten! Hutten!

Eoban (umarmt ihn).

Lebendiges Feuer!

Crotus (umarmt ihn).

Wohlgethan vom Kaiser, daß er Dich krönte zum Dichter!

Alle Humanisten.

Wohlgethan! Wohlgethan!

Achter Auftritt.

Frau **Peutinger**, **Konstanze**, **Maria** (sind während des letzten von rechts auf-
getreten und auf den Stufen stehen geblieben. Man sieht, wie Frau Peutinger
ihrem Manne etwas sagen möchte, in dem Lärm jedoch, und da Peutinger ihr Erscheinen nicht bemerkt hat, gelingt ihr dies nicht; schließlich winkt sie Afra heran,
der sie, auf Peutinger deutend, einen Auftrag ertheilt).

Hutten
(setzt den Becher, den er ausgetrunken hat, aus der Hand).

Wer darf von Huttens Lorbeer sprechen, wo ein Erasmus ohne Krone steht? (zu Erasmus) Du Bringer des heiligen Feuers, Prometheus! Der Du Griechen und Römer erwecktest vom Tode und zu Menschen erschufst das heutige Geschlecht — (er senkt ein Knie vor Erasmus) vor dem Kaiser senkte ich ein Knie, beide senk' ich vor Dir. (Er senkt auch das andere Knie, hebt den Lorbeer-kranz von seinem Haupte) Nimm meinen Kranz — nicht daß ich Dich beschenken wollte; denn was könnte ich Dir schenken, der Schüler dem Meister — damit ich gekrönt vor mir sehe meine Ueberzeugung, meinen Glauben, meines Herzens heiligen Inbegriff, alles was ich erhoffe für Deutschland, Menschheit und Welt, kröne Dich, Erasmus! (Er reicht ihm den Kranz.)

Erasmus (bebend vor Erregung).

Ihr überströmt mich — Ihr betäubt mich, überwältigt mich —

Eoban.

Kröne Dich, Erasmus!

Crotus.

Kröne Dich!

Alle Humanisten.

Kröne Dich, Erasmus!

Erasmus (nimmt den Kranz).

Aus Euren Händen, Ritter von Hutten — (Setzt sich den Kranz auf das Haupt.)

Hutten.

Aus meinen Händen, aus meiner Seele, aus meinem ganzen Wesen und Sein, heil Dir, Erasmus!

Alle Humanisten
(drängen sich um Erasmus, küssen den Saum seines Gewandes).

Heil Dir, Erasmus!

Erasmus (hebt beide Hände).

Ihr Götter — laßt mich nicht büßen für solch einen Tag!

Peutinger
(der inzwischen mit Afra und dann mit seiner Frau gesprochen hat).

Ihr Herren verzeiht. (Hutten und die Humanisten erheben sich.) Ein neuer Gast wird mir gemeldet, doch glaube ich, er wird unserer Freude kein Störer sein. Meister Erasmus, aus Brüssel kommt der Edle von Zevenberghen, vom Hoflager König Karls, mit Botschaft für Euch.

37

Hutten.

Botschaft von König Karl von Spanien.

Peutinger.

Ich führe ihn herein.

(Er geht nach rechts hinaus. Die Frauen treten von den Stufen in den Saal
hinunter. Alles gruppirt sich. Ein Schweigen tritt ein.)

Neunter Auftritt.

Der Edle **von Zevenberghen**, **Peutinger**, zwei spanische **Edelleute**, Begleiter
Zevenberghens, von denen einer **Don Ignacio** ist, (kommen von rechts. Sie steigen
die Stufen herab. Zevenberghen stellt sich Erasmus gegenüber).

Zevenberghen.

Weiser, Gelehrter, Berühmter! König Karl von Spanien
entbietet Euch Gruß. Die Schrift, die Ihr ihm dargebracht,
von der Unterweisung eines christlichen Fürsten, König Karl hat
sie gelesen. Des Königs junges Gemüth, allem Schönen
empfänglich, Guten und Großen, hat Wohlgefallen gefunden
an Euerem Werk. „Nie soll mir fehlen," so hat er gesagt,
„der Rath eines Mannes, der so trefflich zu berathen weiß."
Darum durch meinen Mund bittet Euch König Karl, anzunehmen Titel und Würde eines Königlichen Raths. Darum
verkündet Euch König Karl, daß Ihr Zutritt haben sollt, nicht
zu seinem Palaste nur, sondern zu seinem Ohre und zu seinem
Herzen, Ihr möget kommen, wann Ihr wollt, wo Ihr wollt, in
welcher Sache es sei.

Erasmus (verneigt sich).

König Karl ist gütig, König Karl ist gnädig; in Ehrfurcht
und Dank nehme ich seine Gnade an. (Er reicht sich mit Zevenberghen
die Hand. Zevenberghen tritt einen Schritt zurück. Es entsteht eine Pause.)

Hutten (mit unterdrückter Stimme).

Freunde, Genossen, fühle jeder in schweigender Brust, was
diese Stunde sagt. König Karl, der einstmals Kaiser sein wird,
in dessen Händen Deutschlands Zukunft ruht, zum Berather
seines Denkens und Thuns wählt er Deutschlands weisesten
Mann. Vaterland, deutsches Land, wohl behütet wirst Du sein.

38

Peutinger.

Ritter von Hutten, Ihr habt wohl gesprochen.

Alle Humanisten (durcheinander, nicht laut).

Wohl gesprochen. Wohl gesprochen.

Don Ignacio

(der bis dahin hinter Zevenberghen im Hintergrunde gestanden hat, tritt vor).

Ich höre den Namen eines Mannes — (Tritt auf Hutten zu.)
Ritter von Hutten, kennt Ihr mich noch?

Hutten.

Laßt mich — erinnern — in Welschland war's?

Don Ignacio.

In Viterbo!

Hutten (reicht ihm die Hand).

Don Ignacio, von den spanischen Fußtruppen?

Don Ignacio.

Ich hatte Euch nicht vergessen. Ihr Herren, Kaiser Max,
der den Ritter zum Dichter krönte, hätte ihn auch krönen dürfen
als Vertheidiger seiner Ehre mit dem Schwert!

Hutten (klopft ihm lachend auf die Schulter).

Laßt das. Laßt das.

Don Ignacio.

Sie müssen es hören.

Hutten.

Raufhändel, Waffen und Blut — was sollen solche
Geschichten hier?

Maria (kommt nach vorn).

Ich möchte, daß der spanische Herr erzählt.

Erasmus.

Töchterlein Maria?

Hutten (blickt sie halb staunend, halb belustigt an).

Die Jungfrau — möchte es?

39

Maria (seinen Blick erwidernd).

Ich wünsche es. (Zu Don Ignacio) Spanischer Herr, Ihr werdet ersucht, mit den Gedanken nach Viterbo zu reisen.

Hutten (lachend).

Nun — wenn des Erasmus Töchterlein es wünscht — Don Ignacio, erzählt. (Er geht an einen Tisch, setzt sich. Die übrigen setzen sich an den verschiedenen Tischen. Don Ignacio steht in der Mitte, seine Augen ruhen mit verzücktem Ausdruck auf Maria, die er gleich von ihrem Hervortreten an staunend angesehen hat.)

Don Ignacio.

Es war nach der Schlacht bei Marignano. Die Franzosen hatten gesiegt. Wie prahlerische Menschen thun, freuten sie sich ihres Triumphs. Sei es mir gestattet zu bemerken, daß ich die Angehörigen dieser Nation nicht liebe. Sie sind schwachmüthig im Unglück, übermüthig im Glück. Am Fieber erkrankt, lag ich im Gasthause zu Viterbo. Im Hause war Lärm. Fünf französische Herren saßen beim Wein. Bei jedem Becher, den sie leerten, riefen sie Vivat auf König Franz.

Hutten.

Dann schnippten sie die Becher an den Fußboden und sagten: „Dies für den Kaiser."

Don Ignacio.

So sagten sie; ich hörte es bis auf den Söller, auf dem ich lag. Ich erhob mich und blickte in die Gaststube hinunter. An einem Nebentische saß ein Herr, den ich als einen Deutschen erkannte.

Eppendorf.

Der Hutten?

Don Ignacio.

Ich kannte ihn damals noch nicht. (Mit einem glühenden Blick auf Hutten) Einer von den Franzosen erhob sich darauf —

40

Maria.

Wieviel Franzosen?

Don Ignacio.

Fünf, allerholdseligstes Fräulein. Und ließ sich von dem Wirth eine Laterne geben. Darauf, obschon es heller Tag war, zündete er die Laterne an, ging im Zimmer auf und nieder und sagte: „Jetzt suchen wir den Kaiser."

Hutten.

Die Venetianer hatten die Posse erdacht.

Don Ignacio.

Indem nun die Andern lachten, wandte sich der deutsche Herr herum und sprach, und ich bezeuge, daß es in höflichem Tone geschah: „Ich ersuche Euch, mein Herr, daß Ihr dies unterlaßt!"

Maria

(ergreift Konstanze, die inzwischen an ihre Seite getreten ist, an der Hand, flüstert ihr zu).

Blut wird fließen!

Konstanze (leise zu Maria, lächelnd).

Ist ja alles vor Zeit gewesen.

Don Ignacio.

Darauf erwiderte der Franzose: „Da Ihr, mein Herr, Eurem Ansehn nach ein Deutscher seid, könnet Ihr uns helfen, Euren Kaiser finden. Steckt er vielleicht im Keller?"

Hutten.

„Oder unter der Matratze," so sagte einer vom Tisch herüber.

Don Ignacio.

Darauf erhob sich der deutsche Herr von seinem Platz, trat auf den Franzosen zu und schlug ihm die Laterne aus der Hand.

Maria (schlägt mit der Faust durch die Luft).

Klirr ——

41

Hutten (springt lachend auf).

Ja, so machte sie! (Er will Maria's Hand ergreifen, diese wirft rasch beide Hände auf den Rücken.)

Hutten (verdutzt).

Nun —?

Maria (blickt ihm ins Gesicht).

Nur daß meine Hand keine Laterne ist, nach der man greift.

Hutten.

Wahr — haftig.

Erasmus.

Töchterlein —

(Geflüster und Gelächter unter den Anwesenden.)

Hutten (setzt sich wieder an seinen Platz).

Don Ignacio — wir blieben bei der Laterne.

Don Ignacio.

Darauf, als die Laterne zertrümmert und das Licht herausgefallen war, rissen die französischen Herren — ich bedauere, daß ich es sagen muß — die Degen heraus und waren rund um ihn her, Fünf gegen Einen.

Hutten.

Und Ihr rieft etwas vom Söller herunter.

Don Ignacio.

Daß mir das Fieber in den Knochen saß, und ich nichts thun konnte, als rufen! Ich rief: „Schande, Ihr Herren! Fünf gegen Einen! Ihr tretet der Ehre den Kopf entzwei!"

Eppendorf.

Darauf? Weiter!

Eoban.

Weiter!

Alle Humanisten.

Weiter!

42

Don Ignacio.

Darauf plötzlich wichen die Fünf zurück, denn der deutsche Herr hatte die Klinge heraus, und sein Degen ging wie ein flimmerndes Rad um seinen Kopf.

Hutten.

Ein Fechterstück. Bei den deutschen Landsknechten hatt' ich's gelernt, als wir vor Padua lagen.

Erasmus.

Landsknecht — seid Ihr auch gewesen?

Hutten.

Hatte nichts zu beißen und zu brechen. Also was half's; mußt' ich Handgeld nehmen in des Kaisers Heer.

Don Ignacio.

Dauerte aber nicht lange, so waren sie wieder an ihm; Einer voran; und plötzlich lag der Eine an der Erde.

Maria.

Todt?

Hutten (halblaut).

Es fühlte sich so an.

Eppendorf.

Und die vier Anderen?

Don Ignacio.

Weiß ich doch jetzt noch kaum, wie er deren ledig geworden ist. Ich sah einen Knäuel, hörte Fluchen und Schreien — plötzlich waren sie fort und der deutsche Herr allein.

Hutten.

Ihre Garderobe war ein wenig zerstückt; sie liefen zum Schneider.

Eppendorf.

Und Du?

Hutten.

Ein Hieb in die Wange; damit war ich quitt.

43

Eppendorf (befühlt ihm die Wange).

Da ist ja die Schmarre.

Eoban.

Die muß in Gold gefaßt werden!

Maria.

Ich bitte um einen Becher.

Eoban.

Einen Becher für des Erasmus Töchterlein. (Er nimmt einen Becher auf.) Hutten, Du mußt ihn ihr kredenzen.

Hutten.

Soll ich mit ihr anstoßen auf meine Heldenthaten? Wäre Prahlerei.

Eoban (reicht Maria den Becher).

So laßt ihn Euch von mir gefallen.

Maria
(der man die flüchtige Enttäuschung ansieht, die Huttens Worte ihr bereiten).

Don Ignacio — mit Euch wünschte ich anzustoßen.

Don Ignacio (nimmt hastig einen Becher auf).

Solche Gnade mir?

Maria (stößt mit ihm an).

Weil Ihr so schön zu erzählen wißt. (Sie setzt den Becher von den Lippen, reicht Don Ignacio die Hand zum Kuß.) Und — weil Ihr artig seid.

Don Ignacio (ergreift und küßt ihre Hand).

Laßt mich Euch sagen, daß Ihr mich glücklich macht.

Eoban (lachend).

Hutten, das hast Du verpaßt.

Eppendorf (schlägt Hutten auf die Schulter).

Aber laß gut sein, Ulrich, wenn Deine Mutter die Narbe sieht, und sie weint noch länger um den verlorenen Sohn —

Hutten (unwirsch).

Sprich nicht von meiner Mutter.

44

Eppendorf.

Dann sind es Weiberthränen.

Hutten (springt auf, packt ihn an).

Wenn Dir an Knochen und Eingeweiden etwas liegt, sprich nicht von meiner Mutter so!

Eoban (besänftigend).

Ulrich — Ulrich —

Crotus (desgleichen).

Er hat's nicht schlimm gemeint.

Hutten (bebend vor Erregung, läßt ihn aus den Händen).

Wer mir an die rührt — auch mit Gedanken nur — der — nun Ihr habt's gehört. (Setzt sich schwer nieder, stützt das Haupt in die Hände. Pause.)

Erasmus (erhebt sich).

Ritter von Hutten, werdet ruhig, daß ich ein Wort zu Euch sprechen kann.

Hutten
(richtet das Haupt auf, wischt sich mit der flachen Hand über das Gesicht, lächelt).

Es war nicht meine Schuld, Erasmus, daß der alte böse Handel wieder heraufkam und mir das Blut heiß machte.

Erasmus.

Laßt Euer Blut, wie es ist. Denn wahrlich, es ist edles Blut.

(Tiefes, zustimmendes Gemurmel in der ganzen Versammlung.)

Erasmus (hebt den Kranz vom Haupte).

Ihr habt mir den Kranz gereicht, mit dem Euch der Kaiser schmückte; nehmt ihn von mir zurück; Ihr seid ihn werth.

Konstanze
(die zwischen Erasmus und Hutten steht, nimmt den Kranz in Empfang, reicht ihn Hutten dar).

Nun seid Ihr zweimal gekrönt.

Hutten (zu Konstanze).

Und ich habe Euch noch nicht einmal gedankt. (Indem er mit der Linken den Kranz nimmt, reicht er ihr die Rechte.)

45

Maria.

Aber setzt ihn grade auf; das vorige Mal hing er schief.

Hutten

(indem er sie mit dem staunend belustigten Ausdruck ansieht, wie vorhin).

Das habt Ihr auch geseh'n? (Er legt den Kranz auf den Tisch.)
Liege er denn hier.

Erasmus.

Ulrich von Hutten — (Er tritt auf ihn zu, reicht ihm die Hand über
den Tisch.)

Hutten

(ergreift die Hand des Erasmus, will sich erheben; Erasmus drückt ihn mit der
anderen Hand auf den Sitz zurück).

Erasmus.

Ihr seid in die Welt gegangen, wie ein Kind, das den
Sternen nachgeht. In die Wildniß seid Ihr gerathen; Dornen
haben Euch zerrissen; nichts Unreines hat Euch angehaftet. Ihr
seid ein Ritter — und mehr als Stand und Geschlecht gilt
Euch die Menschheit. Ein Deutscher — und Ihr braucht nicht
den Trunk, Euch zu begeistern. Ein Dichter — und es entzückt Euch fremdes Verdienst. Ihr wißt nichts von Furcht,
Ihr wißt nichts vom Geld, nichts von Eigennutz und Neid.
Nichts Gemeines ist in Euch. Ich sehe Euch an — Rührung
erfaßt mich und Ehrfurcht vor der deutschen Art — Ulrich von
Hutten ich liebe Dich.

Hutten

(erhebt sich, Erasmus' Hand noch einmal mit beiden Händen erfassend).

Erasmus —

Erasmus.

Ich möchte Dein Leben in Garten-Erde setzen, damit die
Blume gedeiht. Kurfürst Albrecht von Mainz, der mir wohl
will, sucht Lehrer für seine hohe Schule in Mainz. Darf ich
Dich empfehlen?

Hutten.

Räthst Du mir dazu?

Erasmus.

Ich rathe Dir dazu.

Hutten (sinkt lachend auf den Stuhl zurück).

So ist Hutten von heute ein seßhafter Mann!

Zehnter Auftritt.

Hermann von dem Busche (ist während der letzten Worte durch die Mitte eingetreten).

Hermann von dem Busche.

Meinen Glückwunsch Dir, Ulrich von Hutten. Zuvor aber giebt's Arbeit für Dich in Augsburg.

Peutinger.

Wer kommt?

Eppendorf.

Hermann von dem Busche ist's.

Hutten.

Wo warst Du?

Hermann von dem Busche.

Bei den Dominikanern. Herr Peutinger, Ihr Brüder, wenn wir nicht dazuthun, kommt er nicht lebendig aus der Stadt.

Peutinger.

Wer?

Hermann von dem Busche.

Der Bruder Martin.

Hutten (schlägt lachend auf den Tisch).

Der Thürklopfer von Wittenberg.

Hermann von dem Busche.

Ulrich von Hutten, Du lachst?

Hutten.

Hermann von dem Busche, Du hörst's.

Peutinger.

Was ist denn bei den Dominikanern?

47

Hermann von dem Busche.

Sie führen etwas im Schilde wider ihn. Wollen ihn herausholen von den Augustinern, mit Gewalt.

Hutten.

So laß uns mit dem Mönchsgezänk.

Hermann von dem Busche.

Wie nennst Du's?

Hutten.

Mönchsgezänk. Augustiner — Dominikaner — wären sie nicht beschoren alle beide, so lägen sie sich in den Haaren. Das weiß ein jeder.

Hermann von dem Busche
(greift mit fliegenden Händen in die Brusttasche, holt ein Pack gedruckte Schriften hervor).

Und das — ist das auch Mönchsgezänk? Ja?

Hutten.

Was ist's? Von dem Luther?

Hermann von dem Busche.

Hast's nicht gelesen?

Hutten.

Habe noch nicht Zeit für ihn gehabt.

Hermann von dem Busche
(wirft die Papiere auf Huttens Tisch).

Nun also — wenn Du Zeit haben wirst.

Hutten (blickt nachlässig hinein).

Worüber geht's?

Hermann von dem Busche.

An Dich geht's.

Hutten.

An mich?

Hermann von dem Busche (zeigt auf den Titel).

„An den christlichen Adel deutscher Nation" — gehörst Du dazu?

Hutten.

Schreibt er denn nicht lateinisch?

Erasmus.

Bruder Martin ist ein rechtschaffner Mann, im Lateinischen nicht der stärkste.

(Gelächter unter den Humanisten.)

Hermann von dem Busche.

Meister Erasmus, Ihr solltet sie nicht lachen machen über ihn!

Alle Humanisten.

Holla! Holla!

Hutten.

Keine Kritik an Erasmus!

Hermann von dem Busche.

Ich kritisire ihn nicht.

Hutten.

Du bist ein Hitzkopf, Hermann, ich hab's Dir schon manchmal gesagt.

Eoban.

Und Hutten ist ein Phlegmatikus.

Alle Humanisten (lachend).

Ja! Sehr gut!

Hermann von dem Busche.

Er hat vor dem Kajetan gestanden. Widerrufen hat er sollen. Er hat's nicht gethan.

Hutten.

Hat's nicht gethan. Sieh, das gefällt mir.

Hermann von dem Busche.

Und jetzt, mit Hülfe der Dominikaner, will ihn der Kajetan nach Rom spediren, lebendig oder todt.

Hutten (springt auf).

Schlag' ihn der Teufel, den welschen Kapaun!

Erasmus (lächelnd).

Hutten — Hutten —

Hutten.

Ich kenn' ihn, den rothen Puterhahn! Wie ich sie alle kennen gelernt habe, diese Kardinäle, wie ich sie habe reiten sehn in Rom, auf Gold=betrobbelten Maulthieren, hundert schwänzelnde Kurtisanen hinter ihnen drein.

Don Ignacio (tritt auf Zevenberghen zu).

Edler Herr von Zevenberghen, ich bitte um die Erlaubniß, mich zurückzuzieh'n.

Zevenberghen.

Geduldet Euch, wir gehen zusammen.

Peutinger.

Der edle Herr will geh'n?

Zevenberghen (lächelnd).

Es wird etwas warm hier. Meister Erasmus, ich finde Euch bei Kurfürst Albrecht?

Erasmus.

Ein ehrsamer Rath von Basel hat mich eingeladen — mein Weg führt über Mainz.

Zevenberghen.

Ritter von Hutten mit Euch?

Maria (tritt an Hutten heran).

Zusagen hält man.

Alle Humanisten (lachend).

Hört! Hört!

Hutten (zu Maria).

Aber, einen Kurtisanen, Jungfrau — ob Ihr den aus mir zurecht zähmt —

Maria (halblaut).

Wenn ich dächte, daß Ihr zahm würdet —

50

Hutten.

Dann?

Maria.

Thät' es mir leid um die Laterne, die damals entzwei ging.

Zevenberghen (ist die Stufen rechts hinaufgegangen).

Valet, Ihr Herren.

Alle.

Valet. Valet.

(Zevenberghen mit seinen Begleitern rechts ab.)

Erasmus.

Laßt uns ruhig bleiben, meine Freunde.

Peutinger.

Ich bitte, liebe Herren, hört, was Meister Erasmus sagt.

Alle Humanisten (durcheinander murmelnd).

Hört auf Erasmus.

Erasmus.

Wie ich seiner Zeit für Reuchlin eingetreten bin, als die Inquisition nach ihm griff, ist Euch bekannt.

Hutten.

Wer wüßt' es nicht?

Alle Humanisten.

Freilich. Freilich.

Erasmus.

Die Wissenschaft war in Reuchlin angegriffen. Darum sind wir eingetreten für ihn. Martin Luther in Ehren — er ist ein rechtschaffner Mann. Aber er spricht laut genug für sich selbst.

(Halblautes Gelächter der Humanisten.)

Hermann von dem Busche.

Aber —

Hutten.

Ruhig, Hermann.

Alle Humanisten.

Ruhig.

Erasmus.

Und lasset uns festhalten, daß Glaubensstreitigkeiten uns nichts angeh'n.

(Allgemeines Schweigen.)

Erasmus.

Nicht unmittelbar — versteht mich nicht falsch, meine Freunde. Wenn sie hinübergreifen, ins Allgemeine, gegen die Wissenschaft, dann wird man uns finden.

Hutten.

So ist's gemeint. Ja. Dann wird man uns finden.

Alle Humanisten.

Ja. Ja.

Elfter Auftritt.

Afra (die inzwischen abgegangen war, erscheint in der Mittelthür).

Afra.

Herr Peutinger, ein Bote vom Rath ist draußen für Euch.

Peutinger.

So ruf' ihn herein.

Zwölfter Auftritt.

Ein Rathsbote (kommt durch die Mitte).

Rathsbote.

Herr Konrad Peutinger, einen Gruß zu bestellen vom Herrn Langenmantel, der mich schickt. Und er läßt Euch sagen, um den fremden Gottesmann, den aus Wittenberg, wäre große Gefahr.

Erster Akt.

Hutten.
Also doch?

Rathsbote.
Herr Konrad Peutinger, die Dominikaner fahnden nach ihm.

Peutinger.
Ist er bei den Augustinern?

Rathsbote.
Da war er. Jetzt, um die Dominikaner zu täuschen, hat Herr Johann Frosch ihn hinübergenommen zu den Karmelitern. Heut zur Nacht müsse er fort, sonst sei es zu spät.

Peutinger.
Heut Nacht —

Rathsbote.
Und heimlich müßte es gescheh'n. Die Dominikaner haben Anhang —

Afra (dazwischen schreiend).
Ist wahr!

Peutinger.
Still doch.

Alle Humanisten (aufgeregt durcheinander).
Ruhe. Ruhe.

Rathsbote.
Lauern in allen Gassen. Euer Haus-Garten, Herr Peutinger, geht an die Mauer der Stadt. Ist ein Pförtlein in der Mauer, dazu nur Ihr den Schlüssel führt —

Peutinger.
Da soll ich ihn herauslassen?

Rathsbote.
Ob Ihr das wolltet, läßt Herr Langenmantel fragen.

53

Peutinger.

Und aus meinem Stall das beste Pferd soll bereit stehn,
daß der Bruder aufsitzen kann und davon.

Hutten (stürzt auf Peutinger zu, umarmt ihn stürmisch).

Konrad Peutinger, Du wackrer Mann!

Alle Humanisten
(drängen herzu, schütteln Peutinger die Hände).

Wacker und recht!

Peutinger (zu dem Rathsboten).

Also wenn es dunkelt — bestell's dem Herrn Langenmantel.
(Da er den Rathsboten zaudern sieht) Hast Du noch etwas?

Rathsbote.

Ich habe noch etwas. Als der fremde Gottesmann von
den Dominikanern herausgekommen, ist eine Frau in seinen
Weg getreten, niemand hat sie gekannt, eine Fremde. Hat sich
vor ihm niedergeworfen, auf offener Straße.

Afra (tritt rasch zu Frau Peutinger, flüstert).

Frau Peutinger — die heute hier war, die mit dem
Mäntelchen — die ist's.

Frau Peutinger (leise zu Afra).

Woher weißt Du's?

Afra (wie vorhin).

Sie ist draußen im Hof.

Peutinger.

Was geht das fremde Weib mich an?

Rathsbote.

Man hat begehrt, daß sie sich ausweisen sollte. Sie hat's
geweigert. Endlich hat sie gesagt, man solle sie zu Eurem
Hause führen. In Eurem Hause hätte sie Mann und Kind.

Peutinger.
In meinem Hause — Mann und Kind?

Frau Peutinger
(tritt haftig auf ihren Gatten zu, ergreift seine Hand).
Konrad — (leise) die Männer müssen hinaus!

Peutinger (fieht fie fragend an).

Frau Peutinger (flüftert ihm ins Ohr).

Peutinger (fährt auf).
Ah — die — (Wendet fich zu den Humaniften) Liebe Herren,
fcheltet mich nicht ungaftlich —

Hutten.
Brüder, wir wollen gehn.
(Alles fteht auf, rüftet fich zum Aufbruch).

Erasmus (tritt zu Konrad Peutinger und Frau Peutinger).

Peutinger (zu dem Rathsboten).
Du haft meinen Auftrag.

Rathsbote.
Alfo werde ich gehn. (Ab durch die Mitte.)

Eppendorf.
Zu den Dominikanern wollen wir.

Coban.
Nein, zu den Karmelitern.

Hutten.
Bei den Auguftinern fteckt die Gefahr.

Hermann von dem Busche.
Hutten hat Recht.

Eppendorf.
Alfo wollen wir uns vertheilen.

Hutten.
Das ift das befte.

55

Alle Humanisten.

Wollen uns vertheilen.

Hutten.

Valet, Herr Peutinger.

Alle Humanisten.

Valet, Herr Peutinger.

Peutinger.

Mit Gott, liebe Herren.
(Die Humanisten durch die Mitte ab.)

Erasmus.

Herr Peutinger, warum schickt Ihr die Herren fort?

Frau Peutinger.

Konstanze, geh' Du auch hinaus. (Deutet nach rechts.)

Erasmus.

Warum schickt Ihr Eure Tochter fort?

Frau Peutinger.

Wollt vergeben, Herr Erasmus, wenn die Frau kommt —

Konstanze.

Gehst Du mit mir, Maria?

Maria.

Mein Vater bleibt doch?

Konstanze.

Also geh' ich. (Ab nach rechts.)

Erasmus.

Was ist mit dieser Frau? Wer ist es?

Peutinger.

Herr Erasmus — ohne mein Zuthun ist sie gekommen —
es ist — (Flüstert ihm ins Ohr.)

Erasmus (fieberhaft erregt.)

Schickt gleich hinaus — sie darf nicht hereinkommen!

56

Dreizehnter Auftritt.

Hutten (kommt durch die Mitte).

Erasmus
(wendet, indem er die Thür sich öffnen sieht, den Rücken gegen die Thür, stampft mit dem Fuße).

Ich will nicht!

Peutinger (zu Erasmus).

Es ist der Ritter von Hutten.

Erasmus (wendet sich zu Hutten um; sein Gesicht ist verstört).

Hutten
(tritt lachend an den Tisch, nimmt die Schrift auf, die auf dem Tische liegen geblieben).

Der christliche Adel deutscher Nation, den ich vergessen hatte — (da er das Gesicht des Erasmus bemerkt) Erasmus, was ist Dir?

Erasmus
(will etwas erwidern, reißt dann plötzlich Maria mit beiden Armen an sich).

Hutten, daß Du es weißt — dieses ist mein Kind!

Hutten.

Das wußt' ich.

Erasmus.

Vom Kaiser mir zugesprochen!

Hutten.

Recht vom Kaiser Max; er ist den großen Gang der Natur mehr als einmal selbst gegangen. (Zu Frau Peutinger) Frau Peutinger, draußen auf dem Brunnenstein sitzt ein Weib —

Erasmus.

Sprich nicht von der.

Hutten.

Nur daß —

Erasmus.

Kümmere Dich nicht um sie.

Hutten.

Nur daß sie am Umsinken ist.

Frau Peutinger.

Afra — (zeigt auf die Thür.)

Afra (geht durch die Mitte ab).

Ich bring' sie.

Erasmus.

Ich habe Euch gesagt —

Frau Peutinger.

Herr Erasmus, es ist Christenpflicht.

Vierzehnter Auftritt.

Katharina kommt mit **Afra** (durch die Mitte).

Erasmus.

Ha! (Er stößt einen zornigen Ruf aus, geht die Stufen rechts hinauf.)

Katharina (tritt herein, streckt beide Hände nach ihm aus).

Geh' nicht, Erasmus! Höre mich, Erasmus, ehe Du gehst!

Erasmus

(auf den Stufen an der Thür, ohne sich umzusehen).

Was soll ich von Dir hören, das ich nicht schon wüßte?

Katharina.

Ein neuer Mensch ist in die Welt gekommen.

Erasmus.

Der, vor dem Du Dich niedergeworfen hast auf offener Straße? Der Luther?

Katharina.

Höre ihn. Zu meinem Heil, zu Deinem, zu unser Aller Heil, höre ihn, Erasmus!

Erasmus.

Warum bist Du nicht in Löwen geblieben?

Katharina.

Weil ich es nicht aushielt.

Erasmus.

Habe ich es Dir fehlen lassen an irgend etwas?

Katharina.

Ja.

Erasmus.

An was?

Katharina.

An Liebe.

Erasmus.

Maria, komm zu mir.

Katharina

(streckt die Arme nach Maria aus, die rathlos mitten auf der Bühne steht).

Margaretha!

Erasmus.

Lege nicht Hand an sie! Ich verbiet' es!

Katharina (tritt zurück).

Sie wird freiwillig zu ihrer Mutter kommen. Margaretha —

Maria

(die bis dahin, wie erstarrt, vor sich hinblickend gestanden hat).

Ich heiße doch — Maria? (Sie wendet sich zögernd nach der Seite, wo Erasmus steht.)

Hutten

(der bis dahin, dem Vorgang athemlos folgend, im Hintergrunde gestanden hat, ist mit einem Schritte zwischen Maria und den Stufen, die zur Thür rechts hinaufführen; er flüstert ihr zu).

Es ist — Euere — Mutter?

Maria (sieht ihm ins Gesicht).

Ja.

Hutten (starrt sie mit weit aufgerissenen Augen an).

Ja? Und Ihr — geht nicht zu ihr?

Erasmus.

Maria, komm zu mir.

59

Maria (zu Hutten).

Hört Ihr nicht, daß mein Vater mich ruft? (Sie geht langsam an Hutten vorüber, die Stufen zu Erasmus hinauf.)

Katharina.

Mein Kind geht von mir — (aufschreiend) die Welt stößt mich aus — (Sie taumelt.)

Hutten (fängt sie, indem sie niedersinkt, in den Armen auf).

Unglückliches Weib —

Frau Peutinger (tritt mit Afra hinzu).

Gebt sie uns.

Hutten (hält Katharina in den Armen).

Laßt sie bei mir. Wißt Ihr denn nicht, daß auch um mich eine Mutter weint?

(Vorhang fällt.)

———

Ende des ersten Aktes.

Zweiter Akt.

Erste Scene.

(Ein Zimmer in der Kurfürstlichen Residenz zu Mainz. Ein nicht übermäßiger Raum. Holz=getäfelte Wände. Die Hinterwand von einem großen Vorhang geschlossen.)

Erster Auftritt.

Hutten (sitzt inmitten des Raumes an einem Tische, in Schriften lesend, die vor ihm liegen; beide Arme aufgestützt, völlig versunken. Auf dem Tische stehen Lichter, fast bis in den Leuchter hinuntergebrannt. **Erasmus** (steht außerhalb des Vorhangs im Hintergrund. Er hat den Vorhang mit einer Hand ein wenig zurückgeschlagen, so daß man durch den Spalt das Tageslicht von draußen einströmen sieht. Er giebt keinen Laut von sich, blickt regungslos, mit angespannter, beinah lauernder Aufmerksamkeit auf Hutten, der seine Anwesenheit nicht bemerkt. Dies dauert eine geraume Zeit).

Hutten

(indem er das letzte Blatt zur Seite schiebt, stößt einen tiefen Athemzug aus, lehnt sich im Sessel zurück, streicht das Haar aus dem Gesicht. Sein Blick fällt auf Erasmus).

Erasmus —?

Erasmus.

Schliefst Du die ganze Nacht nicht?

Hutten.

Ich habe ein Leben lang geschlafen. (Er steht auf.)

Erasmus.

Jetzt bist Du wach?

Hutten (zeigt auf die Schriftstücke).

Der hat mich geweckt!

Erasmus

(ist mit einem lautlosen Schritt an den Tisch heran, nimmt die Papiere auf, läßt sie wieder auf den Tisch fallen, sagt halblaut).

Martin Luther — (Er bleibt hinter dem Tische stehen, über den Tisch hin auf Hutten blickend, der wie in einer Betäubung steht; es tritt eine Pause ein.)

Also — in Augsburg das war nur im Traume geredet?

61

Hutten (wischt sich über die Stirn).

Nein.

Erasmus (hart).

Eins oder das andere ist aber nur möglich.

Hutten.

Arzt, schneide nicht zu schnell; Du hast ein zuckendes Herz unter den Händen. Hast Du das gelesen?

Erasmus (blickt auf die Schriften).

„An den christlichen Adel" — ja.

Hutten (wühlt in den Papieren).

„Von der Babylonischen Gefangenschaft der Kirche" — „Von der Freiheit eines Christenmenschen"?

Erasmus (mit zuckendem Lächeln).

Alles in einer Nacht?

Hutten.

In dieser Nacht! (Er wirft die Arme empor.) Ocean! Ocean! (Er läßt die Arme sinken.) Und das alles in den Lauten, darin mich die Mutter das erste Gebet gelehrt! Zu Griechen und Römern bin ich gerannt — und da ich aufschaue, blicke ich in den Himmel, und die Sonne geht auf aus der Seele eines deutschen Menschen! O Du — Du — (er sinkt am Tische knieend nieder, drückt das Gesicht auf die Papiere) über Dich hab' ich gelacht!

Erasmus.

Ich wußte nicht, daß Du so anbeten kannst.

Hutten (erhebt sich, mit einem erstaunten Blick auf Erasmus).

Hast denn Du die Nächte gesehn, in denen ich über den Schriften des Erasmus saß? (Er streckt ihm die Hand zu.)

Erasmus

(kommt auf Hutten zu, faßt ihn leidenschaftlich an beiden Schultern).

Hutten! (Er drückt ihn auf den Stuhl nieder, steht vor ihm; beide sehen sich schweigend eine Zeit lang in die Augen. Dann eindringlich, leise) Ich gehe nach Basel. Hutten — ich sage Dir etwas — geh' mit mir.

Hutten.

Warst es nicht Du, der mich zum Kurfürsten nach Mainz
haben wollte?

Erasmus.

Noch ist's nicht abgemacht. Ich ändere meine Absicht.
Wenn Du in Deutschland bleibst, gehst Du verloren.

Hutten.

Verloren? Wodurch?

Erasmus (schlägt auf die Papiere).

Durch den!

Hutten (steht langsam auf).

Das klingt — bist Du sein Feind?

Erasmus (geht auf und nieder).

Feind — seit die Menschen die Kanone erfunden, haben
sie sich Worte angeschafft, mit denen sie schießen, wie mit
Kugeln. Warum das plumpe Wort? Giebt es nur Feindschaft
oder Freundschaft, und dazwischen nichts? So seid Ihr.
Immer nur die äußersten Begriffe! Er lebt seine Natur,
ich die meine; jeder Mensch lebt seine Natur. Wenn unsere
Naturen auseinander wachsen, bin ich darum sein Feind?
Ich bin ein anderer Mensch. Menschen sind Weltkörper.
Wenn Du zu den Gestirnen aufblickst — meinst Du, sie lieben
sich? Sie hassen sich? Ein Gesetz ist, das sie regiert: bleibt
fern von einander.

Hutten.

Aber das Licht, das hier strömt, warst Du es nicht, der
es entzündete?

Erasmus (bleibt stehen).

Ich hab' es entzündet. Das erkennst Du an?

Hutten.

So sage mir, warum schrickst Du vor dem eigenen Licht?

63

Erasmus.

Kein Licht — (er schlägt auf die Papiere) das ist die Feuers-
brunst! Ein Licht hatt' ich aufgestellt im Leuchter — er reißt
die Flamme heraus und schleudert sie in die Welt!

Hutten.

Und eine neue Welt wird daran aufgehn.

Erasmus.

Weißt Du, wie sie aussehn wird? (Er geht an den Tisch, blättert
leidenschaftlich in den Papieren, zeigt auf eine Stelle) Was steht hier? Du
hast ja gelesen — was steht hier? „Wenn die Geistlichen nicht
wollen, muß der Haufe helfen, und das Schwert".

Hutten.

So steht's, so hatt' ich gelesen.

Erasmus.

Hatt'st Du gelesen — hast Du denn auch verstanden, was
Du gelesen hast?

Hutten.

Ja, und etwas gelernt dazu.

Erasmus.

Was?

Hutten.

Daß man mit dem Lachen allein keine neue Welt schafft.

Erasmus.

Aber mit der Zerstörung? Der Empörung und Zerstörung?

Hutten.

Bist denn Du selbst nicht aus der Empörung geboren?
Du, und Reuchlin, und wir Alle, sind wir nicht mannbar geworden an der Auflehnung?

Erasmus.

Von der Zerstörung spreche ich. Zerstörung ist das
schlimmste, denn sie ist dumm. Die Formen sind heilig.

64

Hutten.

Wenn keine Seele mehr darin ist?

Erasmus.

So müssen wir eine neue hinein denken. Wenn Du doch nicht so jung wärst! Wenn es doch möglich wäre, daß der Mensch von den Erfahrungen des Aelteren lernte! Zerbrechen ist nicht schaffen! Wenn die Nuß taub geworden — damit, daß man sie zertrümmert, ist's nicht gethan. Schafft einen neuen Kern, aber laßt die Schale bestehn.

Hutten.

Wer zum Kern will, muß durch die Schale hindurch.

Erasmus.

Aber nicht zerbrechen!

Hutten.

Wie denn anders?

Erasmus.

Wie denn anders — was redest Du vom Erasmus, der Du sein Lebenswerk nicht begreifst? Hindurchbohren durch die harte Schale mit tausend feinen Spitzen, eindringen lassen den Geist in tausend feinen Kanälen —

Hutten.

Wahrhaftig — so wäre ja der Schneider der berufene Weltverbesserer?

Erasmus.

Besser der Schneider, als der Tölpel!

Hutten.

Wen — nennst Du —?

Erasmus (schlägt auf den Tisch).

Der sich den Pöbel zum Genossen ruft!

Hutten.

Den — Pöbel? Da er zum tiefsten Herzen seines Volkes spricht?

Erasmus.

Wer den Haufen anruft, schreit den Pöbel wach.

Hutten.

Da er zum Adel spricht? Zum Kaiser spricht?

Erasmus.

Nicht der Adel wird kommen, nicht der Kaiser wird kommen, ein anderer wird kommen — der Pöbel.

Hutten.

Schlimm um Deutschland müßt' es stehn, wenn dem so wäre.

Erasmus.

Schlimm um Alles wird es stehn, was dem Geiste dient. Wenn Pfaffen und Tyrannen in die Welt donnern, setz' ich mich in meine Kammer, lache und schreibe. Wenn Inquisitoren durch die Welt heulen, setz' ich mich in meine Kammer, lache und schreibe. Aber wenn der Pöbel mir die Fenster einwirft, kann ich nicht sitzen, nicht schreiben, nicht schaffen — und wer mich am Schaffen hindert —

Hutten.

Aber das glaub ich Dir nicht! Der alte Max ist todt; einen neuen Kaiser haben wir, eine neue Hoffnung. Kaiser Karl ist jung wie die Zeit, die mit ihm geboren ward.

Erasmus.

Und das glaubst Du, daß der Spanische Karl gemeine Sache machen wird mit dieser Sache? Das glaubst Du?

Hutten.

So wahr ich glaube, daß ein Deutscher Kaiser nach seinem Volke zu fragen hat — ja!

Erasmus.

O Du —

Hutten.

Warum lachst Du?

Erasmus (plötzlich in ganz verändertem, ernsthaftem Tone).

Nein — ich will nicht lachen. (Er tritt zu Hutten, legt ihm den Arm um die Schultern, streicht ihm das Haar aus der Stirn.) Todsünde ist's, ein Kind zu verhöhnen — Ulrich von Hutten, ich will nicht lachen über Dich. Sieh, indem ich Dich anhöre, begreif' ich, warum Ihr Deutschen so viel leiden müßt, mehr als alle Nationen. Wenn Du auf mich hören wolltest, wie man auf den Vater hört — welchen Schmerzen würdest Du entgeh'n.

Hutten.

Habe mich vor Schmerzen noch nie gefürchtet.

Erasmus.

Aber einen giebt's, der die Starken am stärksten bricht, die Enttäuschung.

Hutten.

Enttäuschung — durch Kaiser Karl?

Erasmus.

Und noch in dieser Stunde wirst Du sie erleben.

Hutten.

Was heißt das?

Erasmus.

Sieh es mit eignen Augen. (Er tritt an den Vorhang, schiebt ihn zurück. Das helle Tageslicht fluthet herein. Durch den geöffneten Vorhang sieht man über zwei flache Stufen über einen Vorplatz hin durch ein offnes großes Bogenfenster auf einen Platz der Stadt hinaus.) Was siehst Du?

Hutten (starren Blicks).

Sie — bauen etwas. Das sieht aus, wie ein Scheiterhaufen.

Erasmus.

Es ist ein Scheiterhaufen. Und, wer ihn bauen läßt? Kaiser Karl.

Hutten.

Kaiser — Karl?

Erasmus.

Seit vier Wochen ist er in Worms. Zwei Sendboten vom Papst Leo mit ihm. Sie ziehen den Rhein hinauf. Von Stadt zu Stadt. In jeder Stadt, mit des Kaisers Erlaubniß, bauen sie einen Scheiterhaufen. Auf dem Scheiterhaufen verbrennen sie —

Hutten.

Was?

Erasmus (zeigt auf die Papiere).

Dieses da.

Hutten.

Seine Schriften?

Erasmus.

Luthers Schriften.

Hutten.

Und das geschieht in Mainz? Das duldet Kurfürst Albrecht in Mainz?

Erasmus.

Wie soll er es nicht dulden, wenn Papst und Kaiser zusammen thun? Der Bann ist gesprochen über Martin Luther. Der Kurfürst muß!

Hutten.

So werden wir es nicht dulden!

Erasmus.

Ihr? Wer seid Ihr?

Hutten.

Das Volk.

Erasmus.

Der Haufe?

→ Zweiter Akt. ←

Hutten.

Lächle nicht so! Sprich nicht vom deutschen Volke so!

Erasmus.

Das Volk hat nicht mitzureden bei solchen Sachen.

Hutten.

So hat es Fäuste, um mitzuthun!

Zweiter Auftritt.

Eytelwolf vom Stein, Capito, Peutinger (kommen über den Vorplatz von rechts). **Maria, Konstanze** (kommen hinter ihnen und bleiben am Fenster draußen stehen. Eytelwolf und Capito treten herein).

Eytelwolf.

Gott zum Gruß, Ihr Herren. Meister und Freund Erasmus, einen werthen Bekannten bringe ich Euch von Augsburg.

Erasmus.

Herr Peutinger? (Streckt ihm die Hände hin.)

Peutinger (seine Hände ergreifend).

Auf dem Wege zum Reichstag nach Worms. Schier hoff' ich, Meister Erasmus begleitet mich?

Erasmus.

Ich gehe nach Basel.

Peutinger.

Wenn Ihr — den Umweg nicht scheuet —

Erasmus.

Herr Amerbach ist von Basel gekommen. Man erwartet mich.

Eytelwolf (zu Erasmus).

Eminenz der Kurfürst läßt Euch um eine Unterredung bitten. Die beiden sind bei ihm, Aleander und Carraccioli.

Erasmus.

Die Legaten?

Eytelwolf.

Aus Rom.

(Bei diesen Worten wendet sich Hutten mit einem dumpfen Laute ab, tritt auf die linke Seite der Bühne, von den Anderen hinweg, kreuzt die Arme über der Brust und versinkt in finsteres Brüten. Eytelwolf hat sein Verhalten staunend bemerkt; im Augenblick, da er etwas sagen will, faßt Erasmus seine Hand und flüstert ihm lächelnd, beschwichtigend etwas zu. Eytelwolf, Capito und Peutinger richten die Augen mit resignirtem Kummer auf Hutten, der von diesem allen nichts bemerkt. Eytelwolf tritt sodann mit den drei Anderen auf die rechte Seite der Bühne; ihr Gespräch bewegt sich mit halblauter Stimme.)

Eytelwolf.

Doktor Eck ist uns angemeldet. Wir erwarten ihn stündlich.

Erasmus.

Der die Bannbulle herübergebracht hat aus Rom?

Eytelwolf.

Und sie angeschlagen hat in Erfurt, in Meißen, Merse=
burg und anderen Orten.

Capito.

Schier auf Gefahr seines Lebens. In Leipzig, die
Studenten haben ihn steinigen wollen.

Erasmus.

Er ist davongekommen?

Capito.

Ja.

Erasmus (lächelnd).

Schade.

(Eytelwolf, Capito und Peutinger wollen in Lachen ausbrechen, unterdrücken es.)

Capito.

Doktor Eck soll uns Nachricht bringen, ob das Gerücht
sich bestätigt, aus Wittenberg —

Erasmus.

Welch ein Gerücht?

70

Eytelwolf.

Schier ein unglaubliches.

Capito.

Er hätte die Bannbulle des Papstes öffentlich verbrannt.

Erasmus (fährt zurück).

Ver — brannt?

Eytelwolf (greift nach seiner Hand).

Leise!

Capito.

Oeffentlich verbrannt.

Eytelwolf.

Vor dem Elsterthor zu Wittenberg. Alle Studenten hinter ihm drein. Ein Magister hat den Holzstoß angezündet.

Erasmus.

Eine — ungeheuerliche That!

Eytelwolf.

Eminenz ist schier außer sich. Man möchte ihm helfen, aber der Mann macht es einem schwer. (Er wendet sich zu Hutten) Ritter von Hutten, Eminenz der Kurfürst entbietet Euch seinen Gruß.

Hutten (ohne das Haupt zu wenden, nickt vor sich hin).

Gütig von ihm.

Eytelwolf.

Er freut sich Eurer Dienste und bietet Euch vorläufig ein Jahrgehalt von vierhundert Gulden. Herr Capito, habt Ihr die Bestallung bei Euch?

Capito

(holt aus der Mappe, die er in Händen trägt, ein Blatt hervor).

Hier ist sie. (Zu Hutten) Wollt Ihr sie an Euch nehmen, Ritter?

71

→ Die Tochter des Erasmus. ←

Hutten (nimmt ihm das Blatt ab, überfliegt den Inhalt).
Herr Eytelwolf, eine Frage zuvor.

Eytelwolf.
Was?

Hutten (mit dem Kopf nach dem Fenster deutend).
Das da draußen, geschieht es auf Befehl des Kurfürsten?

Eytelwolf.
Da — draußen?

Hutten.
Daß man Luthers Schriften verbrennt.

Eytelwolf.
Auf seinen Befehl nicht.

Hutten.
Aber mit seiner Einwilligung?

Eytelwolf.
Laßt doch das —

Hutten (wirft das Blatt auf den Tisch).
Nur daß ich alsdann für seine Dienste danken muß.

Capito.
Herr Ritter —?

Eytelwolf.
Hutten — Hutten —

(Konstanze und Maria treten vom Fenster an den Vorhang heran, dem Vorgange
folgend.)

Hutten.
Danken muß! (Pause.) Herr Eytelwolf vom Stein, ich
kenn' Euch gut; Ihr seid ein ehrenwerther Mann.

Eytelwolf.
So hoff' ich, werdet Ihr auf meinen Rath hören, Ihr
überlegt es noch.

72

Hutten (nimmt lächelnd das Blatt auf).

Weil es denn nichts Gefährlicheres giebt, als sich in falschen Hoffnungen zu ergehn — (er reißt das Blatt mitten durch) da. (Er wirft die Stücke auf den Tisch. Bewegung unter den Anwesenden.)

Eytelwolf.

Was thut Ihr?!

Capito.

Ein so wohlwollender Fürst —

Hutten.

Sagt Eurem wohlwollenden Fürsten —

Dritter Auftritt.

Ein **Kurfürstlicher Hauptmann** (kommt über den Vorplatz von rechts).

Hauptmann.

Herr Eytelwolf vom Stein, Eminenz der Kurfürst lassen Euch bitten mit den anderen Herren.

Eytelwolf.

Herr Erasmus, was ich Euch sagte —

Capito (tritt an den Tisch, nimmt das zerrissene Blatt auf).

Bringe ich das der Eminenz?

Eytelwolf.

Laßt es liegen. Es wird sich eine andere Gelegenheit finden. (Indem er mit Erasmus, Peutinger, Capito auf den Vorplatz zuschreitet) Vielleicht, daß er sich anders besinnt.

Capito (hat zögernd das Blatt auf den Tisch zurückgelegt).

Aber — eine solche Art —

Eytelwolf.

Er ist ein Wirbelkopf. Das wißt Ihr doch.

(Eytelwolf, Capito, Erasmus, Peutinger gehen über den Vorplatz nach rechts ab. Der Hauptmann folgt ihnen nach rechts. Konstanze steht an dem Vorhange, mit bekümmertem Ausdruck auf Hutten blickend. Maria ist etwas zurück, bis an das Fenster getreten. Hutten steht, in Gedanken verloren, am Tische, die Mädchen nicht beachtend).

Konstanze (schüchtern, ängstlich).

Ach — Ritter von Hutten — nun seid Ihr wieder kein seßhafter Mann.

Hutten (lacht auf, wirft das Haupt empor).

Grüß' Euch, Jungfrau Peutinger. (Tritt einen Schritt auf sie zu, streckt ihr die Hand hin) Ihr kommt zur rechten Stunde nach Mainz.

Konstanze (leise seine Hand berührend).

Mein Vater hatte sich so gefreut —

Hutten.

Mich untergebracht zu wissen?

Konstanze.

Wenn Ihr's — so nennen wollt.

Hutten.

Gute Jungfrau, wenn das Haus brennt, legt man sich nicht darin schlafen.

Konstanze (tritt stumm zurück).

Maria (vom Fenster aus).

Die Dominikaner kommen in der Prozession. Spectaculum wird gleich beginnen.

Konstanze.

Das — Verbrennen? (Tritt zu ihr ans Fenster.)

Maria.

Herr Ritter — wir stehen. Möchtet Ihr uns einen Stuhl bringen?

Hutten (wendet ihr den Rücken zu; sein Gesicht zuckt).

Maria.

Herr Ritter von Hutten — wir werden müde werden. (Da Hutten keine Antwort giebt, kommt sie langsam nach vorn.) So beschäftigt, daß Ihr nicht hört?

Hutten (ohne seine Stellung zu ändern).

Ich habe Euch sehr wohl gehört.

74

Maria.

Ah — so wollt Ihr nicht?

Hutten (wendet sich jählings).

Ich will nicht!

Maria (halb befremdet, halb belustigt lächelnd).

Vielleicht erlaubt der Herr, daß ich mir dann selber einen hole. (Sie legt die Hand auf einen Stuhl.)

Hutten (tritt hinzu, legt gleichfalls Hand auf den Stuhl).

Nein, Ihr sollt nicht.

Maria.

Nicht sollen — guter Ritter — steht nicht in meinem Wörterbuch.

Hutten.

So könnt Ihr es heute hineinschreiben.

Maria (läßt langsam die Hand vom Stuhle).

Ich kann nicht sagen, daß ich Eure Scherze geistreich fände — trotzdem will ich Euch den Gefallen thun und lachen.

Hutten.

Immer lacht — sitzen bei solchem Schauspiel werdet Ihr nicht!

Konstanze (kommt vom Fenster).

Ritter von Hutten — zu wem sprecht Ihr so?

Maria (fährt herum).

Wenn wir scherzen — wen geht es an?

Konstanze (zieht sich verblüfft zurück).

Maria (nachdem Konstanze zurückgetreten ist, zu Hutten).

Nun aber mein' ich, es wäre genug.

Hutten
(tritt auf die Stufen, die zum Vorplatz führen, in die Oeffnung des Vorhangs).

Maria.

Seht Ihr nicht, daß ich an das Fenster will?

Hutten.

Und ich will, daß Ihr nicht an das Fenster geht.

Maria.

Gebt mir den Weg frei!

Hutten (reißt mit einem Ruck den Vorhang zusammen).

Maria.

Was — erlaubt Ihr Euch?

Hutten.

Das was ich thue.

Maria

(starrt ihn sprachlos mit zornfunkelnden Augen an. Hutten blickt ihr starren Blicks in die Augen; es entsteht eine kurze Pause, dann wendet sich Maria mit einem keuchenden Athemzuge ab, geht einmal durch das Zimmer).

Ich bin in England gewesen — in Frankreich und den Niederlanden — so ist mir kein Mann noch begegnet.

Hutten

(kreuzt schweigend die Arme über der Brust, verharrt regungslos).

Konstanze (hinter dem Vorhang).

Maria, sie kommen mit einem Karren voll Bücher!

Maria.

Hört Ihr nicht, daß sie mich ruft?

Hutten.

Ganz genau.

Maria.

Laßt mich hindurch, sag' ich!

Hutten.

Nein.

Konstanze (hinter dem Vorhang).

Gleich werden sie den Holzstoß anzünden!

Maria (mit dem Fuße aufstampfend).

Hindurch sollt Ihr mich lassen! Ich will!

Hutten.

Und ich will, daß Ihr das da draußen nicht seht!

76

Maria.

Warum?

Hutten.

Weil ich — (Mit einem dumpfen Laut verschluckt er seine weiteren Worte).

Maria (weinend vor Wuth).

Das was Ihr thut, ist — unhöflich! Ist — ist roh! Gewaltthätig gegen eine Frau — wer so etwas thut — schlechter als ein Thier ist der! Warum behandelt Ihr mich so schändlich? Grade mich? Da Ihr der Konstanze erlaubt, daß sie zusieht?

Hutten.

Mag Konstanze Peutinger ansehn, was sie will. Ich frage nicht danach. Ihr sollt es nicht.

Maria.

Warum nicht ich?

Hutten (schüttelt wild das Haupt).

Maria.

Warum nicht ich?

Hutten (wild losbrechend).

Weil ich nicht will, daß Ihr Euch an einem Schauspiel ergötzt, bei dem mir das Herz zerbricht!

Maria.

Das — verstehe ich nicht.

Hutten.

Das glaub' ich! (Er kommt mit einem Sprung auf sie zu, packt sie am Handgelenk, sieht ihr mit lodernden Augen ins Gesicht).

Maria.

Ihr thut mir weh.

Hutten

(will etwas sagen; die Lippen zucken ihm: er bringt kein Wort heraus, starrt sie unablässig an).

77

→ Die Tochter des Erasmus. ←

Maria (windet sich unter seinem Griff).

Ihr thut mir weh!

Hutten (heiser, halblaut).

Ich will Euch weh thun — sehen will ich, ob Ihr
auch anders weinen könnt, als nur aus Wuth. —
(Er hebt ihre Hand empor) Diese Hand — Gesicht und Gestalt —
als hätte sich der Frühling etwas besonderes ersonnen, weil
ihm die Blumen nicht schön genug waren — und hinter der
zarten Haut solch ein — eisernes Herz — (er schleudert ihre Hand
aus der seinen) ah geht — mir gefrieren die Hände, wenn ich
Euch anrühre! Ihr seid kälter als Eis! (Er wendet sich ab, geht zwei
Schritte zur Seite, bleibt dort, den Rücken gegen Maria gewendet, in düsteres Sinnen
versinkend, stehen).

Maria
(steht ohne Regung und Bewegung; die Arme hängen ihr am Leibe; sie blickt mit
halb offenem Munde auf Hutten).
(Pause.)

Hutten (vor sich hin sprechend).

Damals in Augsburg — der Sonnenstreif, der mir so licht
ins Auge fiel — als man mir sagte, sie geht ohne Mutter durch die
Welt — wie es mir leid that, das Geschöpf — ohne Mutter solch
ein Kind — und die Mutter kommt, hundert Meilen weit kommt
sie ihr nachgelaufen — Andere darben und lechzen — ihr wird
das gebracht, wird das hingehalten, wie ein bereiteter Tisch,
all' die Seligkeit des Menschen, Mutterliebe — und da die
Mutter die Arme nach ihr ausstreckt — (er wendet das Haupt zu
Maria herum) wendet sich das hinweg — (er schreitet langsam auf Maria
zu. Maria, immerfort mit starrem Blick an seinem Gesicht hangend, weicht vor ihm
zurück, um den Tisch herum, so daß dieser zwischen sie und Hutten kommt) wendet
sich hinweg — (indem er Maria's angstvolles Zurückweichen bemerkt, bleibt
er stehen; ein verächtliches Lächeln umspielt seine Lippen) nur fürchten
— bleibt — Euch thu' ich nichts mehr. (Am Tische, Maria gegenüber stehend, sinkt er wieder in brütende Gedanken; eine Pause tritt ein). Die
Tochter des Erasmus — als ich das hörte! Die Seele des

78

wunderbaren Mannes, der Gedanke des Jahrhunderts verkörpert
in menschlicher Gestalt! All' das Sehnen dieser sehnsuchtsvollen
Zeit, all' das Ahnen, Erwarten und Hoffen würde seufzen in
diesem Herzen, wühlen in diesen Adern, sprühen und glühen
aus allen Poren eines solchen Wesens — so wähnt' ich, so
meint' ich, so dacht' ich — und wie ein müßiggängerisches
Weib setzt sich das an das Fenster, um zuzusehn, wie sie die
Botschaft der neuen Zeit verbrennen! — (Er richtet das Haupt auf,
blickt Maria über den Tisch hin mit bohrenden Augen an) Wenn ich dächte,
dies wäre das wahre Bild seiner Seele — dieses Niedliche,
Zierliche, dieses Glatte, Kalte, in sich und mit sich Zu-
friedene! Und alles, was ich darin gesucht und geglaubt,
Feuer, Kraft und Muth, Hingebung und Verständniß, alles
nur ein Gewand, Truggebilde meiner eigenen Phantasie —

(In diesem Augenblick erhebt sich außerhalb der Scene, vom Platze im Hintergrunde
her ein wilder Lärm, Geschrei von Männer- und Frauenstimmen.)

Konstanze (hinter dem Vorhange schreiend).

Um Gottes willen!

Hutten (wirft lauschend das Haupt empor).

Konstanze.

Sie brechen aus allen Gassen! Sie zertreten den Holzstoß!

Hutten.

Ha! (Er ist mit einem Sprunge am Vorhange, reißt ihn auf. Vom Platze
im Hintergrunde sieht man eine Rauch-Säule aufsteigen.)

Konstanze.

Ein Blutvergießen! Da liegt schon Eins!

Hutten

(stürzt in die Ecke links, wo sein Degen an der Wand lehnt; mit fiebernden Händen
schnallt er ihn um).

Die Geister sind erwacht und die Fäuste dazu!

Konstanze (tritt ihm in den Weg, da er hinaus will).

Ihr wollt doch da nicht hinaus?

79

→ Die Tochter des Erasmus. ←

Hutten (wild auflachend).

Grüßt Euren Vater. Wenn er nach dem Hutten fragt — da wo der Haufen ist, wird er ihn finden! (Er stürmt über den Vorplatz nach links hinaus. Einen Augenblick, nachdem er abgegangen, hört man von draußen ein verstärktes Geschrei: „Hutten! Hutten! Hutten!" Dann verliert sich der Lärm nach links hin, so daß es den Eindruck erweckt, als hätte sich die Volksmasse nach der linken Seite hin in die Gassen verzogen.)

Konstanze (schlägt die Hände zusammen).

Welch ein wüthender Mensch! Welch ein schrecklicher Mensch! (Sie steht noch einen Augenblick, dann kommt sie nach vorn. Inzwischen hat sich Maria auf einen Stuhl am Tische gesetzt; dort sitzt sie, indem Konstanze hereintritt, vor sich hin starrend.) Maria — wie sitzest Du da? (Da Maria kein Lebenszeichen giebt, tritt sie an sie heran, legt den Arm um sie, schüttelt sie freundlich) Hat das Getöse Dich erschreckt? Ich schließe alles zu. (Sie geht an den Vorhang, zieht ihn zu, kehrt zu Maria zurück, die nach wie vor sitzt). Komm doch zu Dir; sprich ein Wort. Ist es von dem, was er zu Dir gesagt hat?

Maria (wirft unwirsch das Haupt auf).

Konstanze.

Was wolltest Du sagen?

Maria (ohne sie anzusehen).

Nichts zu jemandem, der mir nicht helfen kann.

Konstanze.

Nur trösten will ich Dich ja.

Maria
(steht auf, thut einige Schritte, ihre Augen sind starr; sie spricht tonlos vor sich hin).

Wenn doch so etwas zu machen wäre —

Konstanze.

Was?

Maria.

Daß man ein Mann würde. Daß man sich rächen könnte. Daß man ihn — (Sie greift mit krallenden Fingern in die Luft).

80

Konstanze (ist ihr nachgegangen).
So fürchterlich hat er Dich beleidigt?

Maria.
Laß mich doch. Laß mich doch.

Konstanze.
Wie man sich auch täuschen kann in dem Menschen! Nie
für möglich hätt' ich's gehalten, daß er so sein könnte, so —
so nichtswürdig.

Maria.
Nichtswürdig —? Das ist ja nicht richtig. (Sie sinnt einen
Augenblick, fährt dann auf) Ach geh — Du verstehst die ganze
Sache nicht!

Konstanze.
Aber ich habe doch gehört —

Maria (drückt beide Hände an die Schläfen).
Nichts hast Du gehört!

Konstanze (umarmt sie).
Es ist ja nun vorbei.

Maria (reißt sich aus ihren Armen).
Vorbei? (Lacht gellend auf.)

Konstanze.
Ich habe Dir ja zu Hülfe kommen wollen. Warum hast
Du mich fortgeschickt?

Maria.
Weil Du — nicht hingehörst zwischen mich und ihn!
(Außerhalb der Scene erhebt sich von neuem Lärm und Geschrei.)

Konstanze (reißt den Vorhang auf).
Ach Gott — hörst Du's? Vielleicht, daß Du schneller
gerächt sein wirst als Du meinst.

Maria (zuckenden Blick).

Sie werden ihn todtschlagen?

Konstanze.

Da er doch hinaus ist in das Mordgewühl.

Maria (steht am Vorhang, starrt dumpf hinaus).

So Einer wie der — nicht Zehn wagen sich an den Einen — (plötzlich zu Konstanze) Aber schade wär's? Nicht wahr?

Konstanze.

Wenn sie ihn erschlügen?

Maria.

Und Du nicht mehr zusammen könntest mit ihm in Worms?

Konstanze.

Wer denkt denn daran?

Maria.

Hat's Dein Vater nicht gesagt, daß Ihr nach Worms geht?

Konstanze.

Ich meine ja nur —

Maria.

Hast Du selbst nicht gesagt, daß Du nach Worms sollst? Zum Besuch bei Deiner Base?

Konstanze.

Freilich doch —

Maria.

Also, warum leugnest Du's?

Konstanze.

Was leugne ich denn?

Maria.

Daß Du Dich freust!

Konstanze.

Aber — ich denke ja gar nicht mehr an ihn.

Maria (steht vor Konstanze, sieht ihr schweigend ins Gesicht).

Also dann — kehr' um? Geh' nach Augsburg zurück?

Konstanze.

Das kann ich doch nicht?

Maria (wendet sich kurz ab).

Da siehst Du's.

Konstanze (geht ihr nach).

Was denn nur?

Maria.

Warum hast Du auch so viel Basen und Muhmen und Freunde und Gevattern überall! Und ich niemanden und nirgends!

Konstanze (umarmt sie).

Darum eben thust Du mir ja so leid.

Maria (sträubt sich).

Laß mich.

Konstanze.

Maria —

Maria.

Und nun — soll ich nach Basel! (Starrt, gesenkten Hauptes, vor sich hin) Und nun — werd' ich nie erfahren, was er mir eigentlich hat sagen wollen.

Konstanze.

Möchtest Du ihn denn wirklich noch einmal sprechen?

Maria (qualvoll hervorwürgend).

Ja.

Konstanze.

Nach alle dem, was er Dir gesagt hat?

Maria.

Ich muß.

Konstanze.

Ein Mann, der so unritterlich —

Maria.

Du kennst ihn nicht, verstehst ihn nicht! Begreifst ihn nicht!

Konstanze.

Was ist denn aber da noch zu verstehn?

Maria.

Weil er — so schändlich ist, so böse ist, so — so gewaltig ist!

Konstanze.

Das sagst Du?

Maria.

Ich weiß auch nicht mehr, was das mit mir ist! (Sie sinkt auf einen Stuhl am Tische, wirft die Arme auf den Tisch, drückt das Gesicht in die Arme.) Weiß nicht, was das mit mir ist! (Sie bricht in leidenschaftliche Thränen aus.)

Konstanze (steht rathlos neben ihr).

Vierter Auftritt.

Eytelwolf vom Stein, der **Hauptmann** (kommen über den Vorplatz von links).

Eytelwolf.

Habt Ihr ihn glücklich herein?

Hauptmann.

Wir haben ihn durch die kleine Pforte eingelassen; vor dem Thore standen sie zu Hauf; haben gedroht, sie wollten ihn todtschlagen.

Eytelwolf
(tritt zu Maria und Konstanze heran, wendet sich an Maria).

Jungfrau, möchtet Ihr zu Eurem Vater gehn? Ihr findet ihn auf seinem Gemach. Der Doktor Eck wäre gekommen. (Maria hat ihn wie geistesabwesend angehört. Konstanze zieht sie vom Sitze empor.)

Konstanze.

Wir wollen gehn, und es soll bestellt werden.

(Konstanze, Maria führend, geht mit dieser über den Vorplatz nach rechts ab.)

Eytelwolf.

Wie sieht's in der Stadt aus?

84

Hauptmann.

Kurfürstlicher Herr Rath, in der Stadt sieht's bös aus. Die brennenden Scheite haben sie aus dem Holzstoß gerissen; kaum daß man sie abgehalten hat, Feuer in die Häuser zu werfen.

Eytelwolf.

Sind Menschen zu Schaden gekommen?

Hauptmann.

Einen Dominikaner habe ich gesehn, den hatten sie erwischt und halb todt geschlagen.

Eytelwolf.

Noch andere?

Hauptmann.

Eine Frau hat auf dem Pflaster gelegen; sie hatte einen Stein an den Kopf bekommen.

Eytelwolf.

Todt?

Hauptmann.

Kann's nicht sagen.

Eytelwolf.

Weiß man, wer es war?

Hauptmann.

Habe mir sagen lassen, eine von außerhalb.

Fünfter Auftritt.

Doktor Eck, Capito, einige von der **Mannschaft der Palastwache** (kommen über den Vorplatz von links. Die Leute von der Palastwache tragen halb versengte Schriften in Händen).

Doktor Eck

(ein großer, rother, dicker Mann: er hat das Barett abgenommen, wischt sich mit einem baumwollenen Tuch über den erhitzten Kopf. Seine Worte sind von einem plumpen Lachen begleitet).

Herrlein —— (er schlägt Capito derb auf die Schulter) wie war der werthe Name?

Capito.

Ich bin der Kurfürstliche Rath Capito.

Doktor Eck.

Ihr seid zu sanft und zach. So etwas darf einen heutigen Tags nicht anfechten. Dinge wie die, erlebe ich alle Tage.

Capito (versucht, ihn mit Eytelwolf bekannt zu machen).

Ich weiß nicht, ob Ihr Herrn —

Doktor Eck.

Da muß der Wind anders blasen; wenn er den Doktor Eck aus Ingolstadt umblasen will. (Er setzt sich breitbeinig auf einen Stuhl.) Ich bin eines Bauern Sohn; habe Knochen.

Capito.

Ich weiß nicht, ob Ihr Herrn Eytelwolf vom Stein kennt?

Doktor Eck.

Dem Namen nach, habe Gutes von Euch gehört. (Streckt ihm die Hand hin.) Freut mich, Eure Bekanntschaft zu machen. Nur ein wenig lau seid Ihr; ein wenig lau.

Eytelwolf (lächelnd).

Herr Doktor wird sich vielleicht überzeugt haben, daß es in Mainz heiß genug hergeht.

Doktor Eck.

Das will gar nichts sagen. Das sind die Hussiten, die den Spektakel machen.

Eytelwolf.

Huß — siten?

Doktor Eck.

Das wißt Ihr doch, daß der Wittenberger nichts weiter ist als ein anderer Huß? Daß ich ihm das bewiesen habe, zu Leipzig bei der Disputation, das wißt Ihr doch?

Capito.

Wir haben's gelesen.

86

→ **Zweiter Akt.** ←

Doktor Eck.

Schade, daß Ihr nicht dabei waret. Hättet was erlebt.
War ein großer Tag. Herzog Georg hat mich zur Tafel ge-
laden. Habe mit ihm gegessen und getrunken wie mit meines
Gleichen. Obschon ich eines Bauern Sohn. Das wißt Ihr
doch, daß ich eines Bauern Sohn bin?

Eytelwolf (lächelnd).

Wir wissen's.

Doktor Eck.

Ist das einzig Gute an dem Wittenberger, daß er auch
eines Bauern Sohn. Hat Knochen, das Vieh, und einen
Schädel! (Er schlägt sich mit der Hand auf den Kopf, daß es klatscht.) Aber
hier ist ein Eckstein! Daran wird der Luther zu Butter!
Warte Du nur. (Der Hauptmann tritt heran.) Was will der?

Hauptmann (zu Eytelwolf).

Nur zu fragen, Kurfürstlicher Herr Rath, was mit dem
Zeug geschehen soll. (Zeigt auf die halbverbrannten Papiere in den Händen
der Mannschaft.)

Doktor Eck.

Was ist's? Zeigt her. (Die Papiere werden ihm übergeben. Dann
geht der Hauptmann mit seinen Leuten links ab.) Ah so — was Ihr
hättet verbrennen sollen und nicht fertig gekriegt habt. (Mustert
die Schriften) „An den christlichen Adel" — (er wirft die Schrift zur
Erde) die deutsche Nation ist abgebrannt. Was haben wir hier?
„Von der Freiheit eines Christenmenschen". (Schleudert die Schrift
zur Erde) So etwas spricht von Christenmensch. „Von der
Babylonischen Gefangenschaft der Kirche" — (springt wüthend auf)
Du Erzketzer! Malefiz und Höllenhund! Das hat das Feuer
verschont? (Er reißt die Schrift in Fetzen, wirft sie zu Boden; dabei fällt sein
Blick auf die Schriften, die auf dem Tische liegen) Was ist denn das?

Eytelwolf.

Was?

87

Doktor Eck.

Da liegt ja der Teufelsdreck noch einmal? Ganz sauber?
Kein Blättchen gekrümmt?

Eytelwolf.

Wird's jemand gelesen haben.

Doktor Eck.

Gelesen haben — wer liest denn solche Sachen in Kurfürst Albrechts Haus?

Capito.

Kann wohl kein anderer gewesen sein, als der Ritter
von Hutten.

Doktor Eck.

Der Hutten? Solch einen Menschen duldet Ihr unter
Eurem Dach?

Capito.

Er hat bei der Eminenz in Dienst treten sollen.

Doktor Eck.

Jetzt aber hört's auf! Bin ich hier bei einem Fürsten der
christlichen Kirche, oder bin ich beim Türken?

Eytelwolf.

Der Herr möge sich beruhigen; es ist nichts d'raus geworden.

Doktor Eck.

Herrlein, Herrlein, Euch ist zu rathen, nicht mir. Der
Doktor Eck, daß Ihr es wißt, kommt recta via aus Rom.
Hat Vollmachten in der Tasche! Deutschland ist ein verseuchter
Stall. Wo man die Nase hinhält, stinkt es nach Ketzerei. Der
Papst hat ihm die Räucherpfanne in die Hand gegeben, dem
Doktor Eck, und der Doktor Eck wird sie gebrauchen. Könnt's
glauben. Ich kenn' ihn. Ist eines Bauern Sohn. Hat
Knochen. Hat Knochen!

Sechster Auftritt.

Erasmus (kommt über den Vorplatz von rechts).

Doktor Eck.

Wer ist das?

Eytelwolf.

Kennt Ihr den Herrn Erasmus nicht?

Doktor Eck (macht eine demonstrative Verbeugung).

Aaah — meine Reverenz — war noch nie der Ehre
theilhaft geworden, den Hochgelehrten, Weltberühmten mit
meinen schlechten Augen zu sehn.

Erasmus (mit gewinnendem Lächeln).

Schlechte Augen? So hat der Karlstadt gelogen.

Doktor Eck.

Wieso?

Erasmus.

Da er sagt, Ihr hättet bei der Disputation in Leipzig
auf zwanzig Schritt weit abgelesen.

Doktor Eck.

Wa—?

Erasmus.

Ein Dominikaner hätte Euch den Text verfertigt.

Doktor Eck.

Ein Dominikaner?

Erasmus.

Und hinter dem Rücken des Luther emporgehalten.

Doktor Eck.

Ein Malefiz ist der Karlstadt! Ein Höllenhund und
Lügenmaul!

Erasmus.

Ich sagte ja, er hat sicherlich gelogen.

89

Doktor Eck.

Schon gut. Verstehe.

Erasmus (zu Eytelwolf und Capito).

Haben's die Herren anders gehört?

Eytelwolf.

So habt Ihr gesagt, Herr Erasmus.

Doktor Eck.

Herr Erasmus — mit Euch, das merk' ich, wird man so bald nicht fertig.

Erasmus.

Wär' ja auch schade, wenn eine so kurze Bekanntschaft so bald endigen sollte.

Eytelwolf (wendet sich ab, um sein Lachen zu verbergen).

Doktor Eck.

Mein Herr Erasmus, ich sage Euch —

Erasmus.

Mein Herr Doktor, ich höre Euch.

Doktor Eck.

Wer mit Nadeln nach mir sticht, dem antworte ich mit dem Dreschflegel.

Erasmus.

Herr Eytelwolf, hier können wir lernen. Kommt aus Rom, der Doktor; sicher ist das die neueste Manier, wie man sich in Rom unterhält.

Doktor Eck.

Manier — Manier — ich habe gar keine Manier!

Eytelwolf und Capito
(brechen unwillkürlich in Lachen aus).

Doktor Eck (in kollernder Wuth zu Erasmus).

Herr — Herr —

Erasmus.

Ich glaube nicht einmal, daß die Herren über Euch lachen.

Doktor Eck (schlägt mit der Faust auf den Tisch).

Soll sie der Teufel und die Schwerenoth, wenn sie über mich lachen! Ich habe mit Herzog Georg zur Tafel gespeist. Wißt Ihr das?

Erasmus.

Hoffe, es soll Euch wohl bekommen sein.

Doktor Eck.

Heiligkeit Papst Leo ist mir äußerst wohlgesinnt. Habe Vollmachten in der Tasche.

Erasmus.

So würd' ich sie hervorholen.

Doktor Eck.

Wird gescheh'n; seid gewiß. Bin ein gläubiger Sohn der Kirche. Kenne manchen, der die Weisheit mit Löffeln gefressen hat, der das nicht von sich sagen kann.

Erasmus.

Welch ein Segen, daß Ihr Euch mit der Weisheit nicht eingelassen habt.

Doktor Eck.

Herr Erasmus, ich will Euch etwas sagen, Ihr werdet bald der Letzte sein, der in Deutschland lacht.

Erasmus.

Um so besser wird man's hören.

Doktor Eck.

Nichts wird man hören. Jetzt kommt das große Donnerwetter.

Erasmus.

Wo es Mühlsteine und Ecksteine regnen wird.

91

Doktor Eck.

Eckstein? Geht das auf mich?

Egtelwolf.

Ihr selbst habt Euren Kopf vorhin so genannt.

Doktor Eck.

Ich darf meinen Kopf anreden, wie's mir beliebt. Mein Kopf gehört mir.

Erasmus.

Seid gewiß, daß ihn Euch niemand streitig machen wird.

Siebenter Auftritt.

Hutten (kommt über den Vorplatz von links, bleibt hinten, ohne nach vorn zu kommen, stehen).

Doktor Eck

(legt die Hände an den Kopf, rennt im Zimmer auf und nieder).

Eine Wespe! Eine Wespe ist um mich her! Was wollt Ihr von mir? Ich komme ja wohlmeinend; merkt Ihr's denn gar nicht?

Erasmus (mit unzerstörbarem Lächeln).

Aber die ganze Zeit merk' ich's.

Doktor Eck.

Ich habe Aufträge an Euch, vom Kardinal Grimani und von Seiner Heiligkeit selbst.

Erasmus.

Ihr seht mich begierig, sie zu hören.

Doktor Eck (wischt sich mit dem Tuche über den Kopf).

Nur zu Athem müßt Ihr einen kommen lassen. Also — es ist ein Abkommen getroffen —

Erasmus.

Zwischen Kaiser Karl und dem Papst —

Doktor Eck.

Das — wollte ich Euch ja erst erzählen?

Erasmus.

Wonach Kaiser Karl die Reichsacht zur Hand nimmt und die deutsche Ketzerei todt schlägt —

Doktor Eck (mit offenem Munde).

Aber wozu —

Erasmus.

Wohingegen Papst Leo die Hand vom König Franz abzieht und dem Kaiser freies Spiel in Welschland läßt.

Doktor Eck.

Wozu erzählt mir der Grimani denn das, wenn Ihr's alles schon wißt?

Erasmus.

Nun zu Eueren Aufträgen.

Doktor Eck (in starrer Bewunderung).

Ihr seid aber wirklich —

Hutten (aus dem Hintergrunde).

Zu Deinen Aufträgen!

Doktor Eck (wendet das Haupt).

Jetzt — wer ist denn das wieder?

Capito.

Das ist der Ritter von Hutten.

Doktor Eck (fährt wüthend auf).

Das ist der Mensch?

Hutten (ohne seine Stellung zu ändern).

Sag' Deine Aufträge her, wir haben nicht Zeit für Dich.

Doktor Eck.

Da seht Ihr's, Herr Erasmus! Das ist so ein Kräutlein, wie sie in Eurem Garten wachsen!

Hutten.

Sag' Deine Aufträge her.

93

Doktor Eck (zu Eytelwolf).

Hat denn der eine Ahnung, wer ich bin?

Hutten.

Du bist der Hanswurst von Deutschland, und Dein Name ist Eck.

Doktor Eck.

Herr — wißt Ihr, daß ich etwas in der Tasche habe, womit ich Euch dreitausend Klafter tief bis in die unterste Hölle schmettern kann?

Hutten.

Eine Bannbulle?

Doktor Eck.

Ja!

Hutten.

Darum stank's auch so nach Inquisition, seit Du hier bist.

Doktor Eck.

Herr Erasmus, so spricht die deutsche Jugend! Das ist der Geist der deutschen Jugend! An dem allen seid Ihr schuld und das sollt Ihr wieder gut machen, Herr Erasmus.

Hutten
(tritt heran, greift Eck im Genick und schleudert ihn zur Seite).

Kerl, wenn Du jetzt nicht aufhörst —

Capito.

Herr von Hutten —

Erasmus.

Hutten —

Eytelwolf.

Herr von Hutten —

Hutten (mit geballter Faust gegen Eck).

Wenn Du noch ein Wort so weitersprichst — Du — Vieh, das nach Rom läuft, Bullen verschlingt, um sie auszuspeien über Deutschland! Mach', daß Du hinauskommst!
(Er zeigt auf den Ausgang.)

94

→ **Zweiter Akt.** ←

Capito.
Herr von Hutten, vergeßt nicht, wo Ihr seid.

Hutten (zu Eck).
Mach' daß Du hinauskommst!

Doktor Eck
(zieht sich, entsetzten Blicks, nach dem Hintergrunde zurück).

Das — ist — ein gefährlicher Mensch. Ich werde mich beim Kurfürsten beschweren.

Hutten.
Geh' Du zu Kaiser und Papst und beschwere Dich. (Er thut einen Schritt auf ihn zu.) Noch nicht hinaus?

Doktor Eck.
Ich — ich — protestire! (Geht eilend über den Vorplatz nach rechts ab. Hutten sieht ihm lachend nach.)

Capito.
Das ist nicht zulässig, Herr von Hutten, was Ihr thut; daß Ihr Gewalt braucht in des Kurfürsten Haus.

Hutten.
Guter Herr, ich habe keine Zeit, auf Euere Weisheit zu hören. (Zu Erasmus) Erasmus, Du mußt Deine Tochter rufen.

Erasmus.
Muß sie — rufen?

Hutten.
Sonst thu' ich's.

Erasmus.
Erkläre mir, was Du meinst?

Hutten (zeigt nach links).
Ihre Mutter ist hier; liegt im sterben.

Erasmus.
Dort?

95

Hutten.

Von Augsburg nach Mainz ist sie Euch nachgelaufen. Draußen auf der Straße, als das Volk sich erhob, hat ein Steinwurf ihr das Haupt zertrümmert. Geh' zu Deiner Tochter, sag's ihr. Will sie dann nicht kommen, so mag sie's lassen.

Achter Auftritt.

Der **Hauptmann** (kommt über den Vorplatz von links).

Erasmus (bedeckt das Gesicht mit der Hand).

Das ist entsetzlich. (Er wendet sich, geht über den Vorplatz rechts ab.)

Eytelwolf (zu dem Hauptmann).

Ist es die Frau, von der Du mir gesagt hast?

Hauptmann.

Die auf dem Pflaster gelegen hat; ja. Der Ritter dort hat geboten, sie ins Haus zu tragen.

Capito.

Herr von Hutten, wer gab Euch dazu Vollmacht?

Hutten.

Die Natur, guter Herr; und eben die Natur ersucht Euch, daß Ihr sie hier hereinbringen laßt.

Capito.

Mit solchen Sachen habe ich nichts zu thun. (Wendet sich kurz, geht nach rechts ab.)

Hutten.

Herr Eytelwolf vom Stein, soll das Weib draußen unter den Händen der Kriegsknechte verenden?

Eytelwolf.

Ich weiß nicht — was der Kurfürst —

Hutten.

Die Frau hat ihre Tochter hier im Haus —

Eytelwolf.

Thut, wie Ihr meint. (Wendet sich, geht nach rechts ab.)

Hutten (zu dem Hauptmann).

Komm' Du. (Beide nach links ab.)

Neunter Auftritt.

Hutten, der **Hauptmann,** einige **Leute von der Wache** (kommen von links, sie tragen einen Stuhl, auf dem) **Katharina** (sitzt. Katharina's Haupt ist bis über die Augen mit einem weißen Leinentuch umwunden. Sie sitzt zurückgesunken im Stuhle. Der Stuhl wird vorn niedergesetzt).

Hutten.

Geht Ihr.

(Der Hauptmann geht mit seinen Leuten links ab.)

Hutten (schiebt ihr das Tuch von den Augen).

Das Tuch deckt Euch die Augen zu.

Katharina (schüttelt das Haupt).

Meine Augen — sehen nichts mehr —

Hutten (ergreift ihre Hand).

Laßt's Euch nicht grämen. Das ist Eure Hand; noch einen Augenblick, so wird die Hand auf einem Haupte ruh'n, nach dem sie sich sehnt.

Katharina (in äußerster Schwäche).

Fremder Mann — guter — Mann —

Hutten.

Nennt mich nicht gut. Denkt, daß ich ein Mensch bin, und daß jeder Mensch eine Mutter hat.

Katharina.

Wird sie — kommen?

Hutten.

Sie wird. So heiß wie Ihr es ersehnt, ersehne ich's. Zweier Menschen Herzen, die sich inbrünstig in einem Willen vereinen, zwingen die Welt. Die Thüre geht — sie ist da.

Zehnter Auftritt.

Erasmus, Maria (kommen von rechts über den Vorplatz. Maria klammert sich an des Vaters Arm).

Erasmus

(indem er Katharina's ansichtig wird, bleibt wie angewurzelt stehen).

Sie — haben sie hereingebracht. Das war nicht vorgesehn.

Maria

(ist rathlos neben dem Vater stehen geblieben. Ihre Augen gehen voller Entsetzen zu Katharina und von dieser zum Vater zurück).

Vater, hilf mir doch.

Erasmus (mit bleichen Lippen).

Man hat mir gesagt, sie wäre draußen. Ich — (er versucht, heranzutreten; der Schauder überwältigt ihn) Sterbende und Todte kann ich nicht sehn! (Er dreht kurz um, geht eilend nach rechts wieder ab. Maria bleibt hülflos stehen.)

Hutten (geht auf Maria zu).

Maria.

Ihr wollt mich strafen und schelten!

Hutten (mit tiefem, mildem Tone).

Ich will Euch nicht schelten.

Maria.

Helft mir!

Hutten.

Ich will Euch helfen.

Maria (packt mit beiden Händen seinen Arm).

Ja bitte? Ja bitte?

Hutten (legt in unwillkürlicher Rührung den Arm um sie).

Armes Kind. — Seht, das ist Euere Mutter, und so sieht das Sterben aus. Es schreckt Euch, denn Ihr seid kalt. Nur wenn er liebt, fürchtet der Mensch den Tod nicht, denn dann fühlt er die Unsterblichkeit. Seht, diese Frau hat niemals gefürchtet. Nicht räuberischen Ueberfall auf meilenlangem Weg, nicht Mangel noch Hohn und Verachtung der Welt. Weil sie geliebt hat. Immer und immerdar Euch. Eine solche Mutter habt Ihr gehabt. So warm seid Ihr gebettet gewesen, so wenig habt Ihr's gewußt. Wollt Ihr kalt bleiben? Wollt Ihr arm bleiben?

Maria

(tritt einen Schritt von ihm hinweg, ihre Augen richten sich auf Katharina, sie streckt beide Arme aus).

Mutter!! (Mit einem Schrei stürzt sie auf Katharina zu, fällt ihr zu Füßen, birgt das Haupt in ihrem Schoße, ein herzbrechendes Schluchzen durchschüttert sie.)

Katharina (zuckt auf).

Sie — ist gekommen.

Hutten.

Ist gekommen. Hierhin, Deine Hände. (Er ergreift Katharina's
Hände, legt sie auf Maria's Haupt.)

Maria (von Thränen erstickt).

Mutter —

Katharina (lallend).

Margaretha — Marga — retha — (Sinkt im Stuhle zurück.)
(Pause.)

Maria.

Mutter, sprich zu mir. Mutter, sprich zu mir. (Sie richtet
das Gesicht zu Hutten empor.) Sagt ihr, daß ich sie liebe.

Hutten (zieht sie sanft empor).

Sie hat es gehört.

Maria.

Sagt ihr, daß sie sprechen soll zu mir. Euch wird sie
hören.

Hutten
(wendet Maria so, daß ihr Blick nicht mehr auf die Mutter fällt).

Sie hat Euch nichts mehr zu sagen. Was eine Mutter
thun kann, hat sie an Euch gethan, mehr als je eine Mutter
für ihr Kind that, da sie Euch zweimal zum Menschen machte.
(Pause.)

Maria (blickt wie suchend umher).

Hutten (folgt ihrem Blick, schüttelt schweigend das Haupt).

Maria (klammert sich an Huttens Brust).

Verlaßt mich nicht! Verlaßt mich nicht!

Hutten (drückt sie sanft an sich, sagt tief und innig).

O nein — o nein — o nein.

(Scenen-Vorhang.)

Zweite Scene.

(Das Zimmer des Erasmus in der Kurfürstlichen Residenz zu Mainz. Ein einfacher, kleiner Raum. Eine Thür, über einige Stufen, in der Hinterwand, eine Thür in der Mitte der Wand links. In der rechten Wand, etwas nach vorn, ein Fenster. Unter diesem Fenster ein Schreibtisch. Einige Stühle an der linken und der Hinterwand.)

Erster Auftritt.

Erasmus (sitzt an dem Schreibtisch), **Hutten** (steht mitten im Zimmer).

Erasmus.

Du willst fort?

Hutten.

Meines Bleibens ist in Mainz nicht mehr. Aber — wir nehmen nicht Abschied?

Erasmus.

Gott ist mein Zeuge, ich hoffe, nein.

Hutten

(aufleuchtenden Gesichts, beide Hände ausstreckend, tritt heran).

Also kommst Du nach Worms?

Erasmus (nimmt zögernd seine Hand).

Es — ist beschlossen, daß Du gehst?

Hutten.

Wie wär' es nicht.

Erasmus.

Hutten — was ich Dich bitte — (er läßt Huttens Hand, steht auf) laß uns dies Gespräch verschieben.

Hutten.

Bis auf wann? Ich muß in dieser Stunde hinweg.

100

Zweiter Akt.

Erasmus.

Die Sache ist so ernst. Meine Seele so durchschüttert. Laß mich Dir jetzt nicht Antwort geben.

Hutten (ist zurückgetreten, sieht ihn schweigend an).

Erasmus (geht in nervöser Erregung auf und ab).

Sieh mich nicht mit solchen Augen an. Hutten, ich bitte Dich. (Bleibt vor ihm stehen) Ist's unumstößlich?

Hutten (sieht ihn schweigend an).

Erasmus (wendet sich stöhnend ab).

So werd' ich Dir schreiben — von Basel.

Hutten
(fällt jählings vor ihm nieder, umfaßt ihn mit beiden Armen).

Das wirst Du uns nicht thun!

Erasmus.

Laß mich —

Hutten.

Das wirst Du uns nicht thun, die wir an Dich glauben.

Erasmus.

Greif' nicht in meine Seele in dieser Stunde. Was soll ich in Worms?

Hutten.

Zu ihm sprechen.

Erasmus.

Zu wem?

Hutten.

Zu Kaiser Karl.

Erasmus.

Als ob er mich anhören würde.

Hutten.

Hast Du vergessen? Daß Dein Wort Eingang bei ihm finden soll zu jeder Zeit? An jedem Ort?

101 .

Die Tochter des Erasmus.

Erasmus (streicht dem knieenden Hutten über das Haar).

Hutten — wirst Du nie lernen, Höflichkeit von Wahrheit zu unterscheiden? Was soll ich ihm sagen?

Hutten (springt auf).

Was Du ihm sagen sollst? Bist Du der Erasmus?

Erasmus.

Bei einer Sache, die so von allen Seiten angeseh'n sein will.

Hutten.

Von einer Seite ist sie zu seh'n; nicht verkaufen soll er die deutsche Seele für infame Politik.

Erasmus.

Infame — Politik —

Hutten.

Der Pakt, den er geschlossen, denke daran, auszurotten, das was er die deutsche Ketzerei nennt, damit der Papst ihm freie Hand in Welschland schafft!

Erasmus (achselzuckend).

Er ist ein Spanier.

Hutten.

Aber daß er der deutsche Kaiser ist, das sag' ihm Du.

Erasmus.

Soll ich ihm sagen —

Hutten.

Daß er die Deutschen hören muß, bevor er sie verhandelt wie Jahrmarktsvieh.

Erasmus.

Hör' mich doch — hör' mich doch — in Worms ist der Reichstag. In Worms sitzt er, von allen Kurfürsten umringt. Ich — bin ein Privatmann.

Hutten.

Du bist Erasmus!

102

Erasmus.

Aber kein Mann der That.

Hutten.

Du bist Erasmus!

Erasmus.

Hab' doch ein Einseh'n; sei doch gerecht. Jeder Mensch lebt seine Natur — das hab' ich Dir ja gesagt. Verlange nicht von mir, was nicht in meiner Natur ist.

Hutten.

Werde warm, so ist's in Deiner Natur!

Erasmus.

Versuch' doch nur, zu versteh'n, daß ich nicht kann! Nicht nach Worms kann! Ich kann nur schaffen und wirken, wenn es still um mich ist, in der Einsamkeit, wo mein Schreibtisch steht. Mein Geist verstummt im Lärm. Ich bin kein Volksredner; kann nicht auftreten in solcher Versammlung der Mächtigen.

Hutten.

Beugen bis zur Erde wird sich diese Versammlung der Mächtigen, wenn Du unter sie trittst. Weißt Du denn nicht, wer Du bist? Was Du bist? Daß Du eine Macht bist, mächtiger als sie alle? Weißt Du nicht, daß der Mensch erschauert, wenn die Zukunft vor ihn tritt? Bist Du nicht die Zukunft? Alles was Jugend heißt in Deutschland, sehnendes Herz, hoffender Geist, hat seine Wünsche niedergelegt in Dein Herz, seine Gedanken in Dein Haupt, seine Worte auf Deine Lippen. Thu' auf Deine Lippen und laß den Geist der neuen Menschheit hervorgeh'n wie eine Flamme. Mit der heiligen Gluth umhülle und umrausche ihn, den kalten Knaben, den spanischen Karl, daß er daraus hervorgehe, ein neuer Mensch, ein wahrer König, ein deutscher Mann!

Erasmus (stürzt auf Hutten zu, umarmt ihn leidenschaftlich).

Dichter! Prophet! Herrlicher, herrlicher Mensch!

Zweiter Auftritt.

Maria (erscheint in der Thür links. Sie zeigt alle Spuren der voraufgegangenen Erschütterung. Sie tritt, von den beiden Männern unbeachtet, in den Hintergrund, bleibt dort stehen).

Hutten (seine Umarmung erwidernd).

Ah, ob ich Dich kannte! Ob ich wußte, daß Du kommen würdest! Du Hand in Hand, Schulter an Schulter mit ihm —

Erasmus (tritt zurück).

Mit — Luther?

Hutten.

Der königliche Verstand, der zu Gerichte sitzt über der vermorschten, verfaulten alten Zeit! Und daneben die Gottesgewalt des strömenden Herzens. Erasmus — ein Bündniß, dem keine Gewalt der Erde widersteht!

Erasmus (wendet sich ab).

Wenn Ihr denn ihn habt — wozu braucht Ihr noch mich?

Hutten (auffahrend).

Was war das —?

Erasmus.

Was Du von mir weißt. Daß zwischen ihm und mir keine Gemeinschaft ist. Die Poren meines Geistes verschließen sich vor seinem Geist. In seinen Schriften sind Dinge, die ich nicht unterschreibe. Seine Thaten sind Gewaltthaten. Soll ich dafür eintreten? Daß er die Bulle des Papstes öffentlich verbrannte, unterm Zulauf johlender Studenten — soll ich das vertheidigen? Vor Kaiser und Reich vertheidigen?

Hutten (wie vor den Kopf geschlagen, mit den Worten ringend).

Das alles — ist es ja nicht.

104

Erasmus.

Dreiundfünfzig Jahre lang, gegen Kaiser und Papst, Pfaffen und Tyrannen habe ich mir meine Persönlichkeit erkämpft. Meine Persönlichkeit ist meine Freiheit, meine Freiheit mein Alles. Ihr wollt mich heraustreiben aus meiner Persönlichkeit, meine Einsamkeit mir nehmen, mich einsacken in eine Partei. Das sollt Ihr nicht! Das dürft Ihr nicht! Partei ist Knechtschaft. Knechtschaft leid' ich nicht. Meine Partei bin ich selbst.

Hutten.

Das alles geht ja um die Sache herum. Das alles ist es ja nicht. (Er packt Erasmus an beiden Schultern, starrt ihm ins Gesicht) Gott schütze mich vor dem, was ich denke!

Erasmus.

Gewaltthätiger Mensch — was —

Hutten.

Den Erasmus will ich wecken, der in Dir schläft!

Erasmus (reißt sich los).

Ich — dulde keine Gewalt.

Hutten.

Liebe duldest Du nicht, weil Du nicht lieben kannst! Seinen Thaten spürst Du nach, seine Worte verzeichnest Du mit kalter Nadel in kaltem Gemüth — von dem Menschen weißt Du nichts? Der über seinen Worten und Thaten steht, wie der Berg über seinen Klippen? Von dieser durchwühlten Seele, in der sich die Menschheit ins verstörte Gesicht blickt — von dem Menschen, der unter der Last seines Glaubens dahingeht, mitten hinein in den flammenden Tod — von all' dem siehst Du nichts? Hörst Du nichts? Weißt Du nichts? Den Erlöserruf, dem die Menschheit jauchzt, Du von Allen ver-

105

nimmst ihn nicht? Offenbarungen wandeln durch die Welt, Du läßt sie vorübergehn, dumpf, kalt und stumm an Deinem tauben Herzen? An Deinem Herzen, vor dem ich gestanden habe — gewartet habe. Ah — Hülle und Vorhang hinweg! Du willst nicht für ihn sein, weil Du den Großen nicht erträgst!

Erasmus.

Weil — ich — was?

Hutten.

Den Großen, größer als Du!

(Pause. Beide Männer blicken sich stumm in die Augen.)

Erasmus (wendet sich).

Also geh' Du hin zu dem Sohne des Bauern.

Hutten

(greift sich, wie in körperlichem Schmerz, an die Brust).

O weh! O weh! O weh!

Maria

(tritt einen Schritt auf Hutten zu; ihr Gesicht ist leichenblaß und verstört; sie streckt die Hände aus der Entfernung nach ihm aus).

Nein — nein — nein.

Hutten

(ohne sie zu beachten, bricht in die Kniee, greift sich mit den Händen ins Haar).

Warum das am deutschen Lande, Gott?! Du, allmächtig genannt, und zu schwach, um vom Ich zu erlösen ein elendes Herz! So vom Reif getroffen, bevor er zu keimen begann, der Frühling der hoffenden Welt! So die Zunge ihm gelähmt, bevor er zu sprechen begann, der große Gedanke der Zeit! O Flamme, die emporging aus der Menschheit, als wollte sie hinwegläutern alles, was den Menschen eng und niedrig und erbärmlich macht, so ersticken sollst Du unterm Sand! O Deutschland, im großen Werke geeint, so wieder hinsiechen sollst Du in halbem Vollbringen! Wie sie nun kommen werden, all' die Halben, die Kalten, die Trägen, die Feigen, die Wanker und Schwanker, die nicht wußten, ob rechts oder links, und nun einen Weg seh'n, den Erasmus ihnen zeigt, von der großen

106

Sache hinweg! Wie sie sich aufrichten werden, all' die Köpfe
voll spitzfindigen Gelehrten-Dünkels, weil Erasmus ihnen gesagt hat, daß Begeisterung Dummheit ist! Wie er hervor-
brechen wird aus seiner schmutzigen Höhle, der gelb-grüne
Höllenhund, der Deutschland zerfleischt, der Neid! Der sich
schämte seines Namens und nun einen Namen gefunden hat,
mit dem er prahlen kann, Erasmus!

Erasmus (auffkreischend).

Ha!

Maria (wie vorhin).

Nein — nein — nein —

Hutten (springt auf).

Wer ist das Weib? Was will die Tochter des Erasmus
von mir? Eiszunge, die nach Menschen leckt, geh' Du hin zu
dem Gletscher, von dem Du kommst! (Er tritt auf die Stufen im
Hintergrunde, wendet sich zu Erasmus) Und also — Du — wenn nun
der große Gedanke, den Du einpflanzen solltest und nicht ein-
gepflanzt hast auf den Höhen der Menschheit, hinuntersteigen
wird in die Tiefen, statt des Feierklangs der Seelen Wuth-
geheul sein Widerhall — wenn kommende Geschlechter Rechen-
schaft heischen werden von unsrem Geschlecht, dem sie vertraut
war, die große Aufgabe, und das sie hinterließ, ein zerbrochenes,
verstümmeltes, verpfuschtes Werk — dann — hier vor dem
Angesicht dessen, der in die Herzen blickt, vor dem das Gestern
vorüberwandelt, das Heut' und das Morgen — auf Dich die
Verantwortung! Und Schuld und Schande über Dich! (Er stürzt
zur Mitte hinaus.)

Maria.

Der — Mann geht fort! Der — Mann geht fort!
Vater —?

Erasmus.

Er gehe!

107

Maria.

Warum lässest Du den Mann geh'n?

Erasmus.

Er gehe!

Maria.

Er darf nicht geh'n.

Erasmus.

Er soll hinwegegeh'n und hinaus aus meinem Leben, der Unreife, Unfertige, der wüste Verkünder roher Gewalt! Ausgelöscht soll er sein —

Maria (ſtreckt die Arme aus).

Aber ich — (Sie wankt.)

Erasmus (fängt sie auf).

Maria?! (Hält sie in den Armen, in namenloser Angst auf sie herabblickend) Du von allem, was diese verruchte Zeit mir gelassen hat, Einziges, Theuerstes, mein Kind —

Maria.

Sterbe, wenn er geht. (Bricht ohnmächtig in den Armen des Vaters zusammen.)

Erasmus (richtet das Haupt empor).

Ist denn die ganze Welt zu dumm, den Erasmus zu versteh'n?

(Vorhang fällt.)

———

Ende des zweiten Aktes.

Dritter Akt.

(Scene: Ein Platz in Worms. Im Vordergrunde der Bühne befindet sich ein Brunnen mit weitem Becken, von niedrigem Brunnenrand eingefaßt. Den Hintergrund der Bühne nimmt die bischöfliche Pfalz ein; ein einstöckiges aber machtvolles Gebäude, dessen breite, auf den Platz gehende Front von einer Reihe hoher Bogenfenster durchbrochen ist. Das Gebäude steht auf einer Terrasse, zu der eine steinerne Treppe in der ganzen Breite des Hintergrunds hinaufführt. In der Mitte der Gebäude-Front befindet sich das große, jetzt geschlossene Thor. An der rechten Ecke des Gebäudes setzt im stumpfen Winkel ein Flügel an, der sich nach hinten biegt und in dem eine kleinere Eingangspforte angebracht ist. Auf den Platz münden, nach dem Vordergrunde zu, von rechts und links Gassen. Beim Aufgange des Vorhangs ist es dämmernder Abend, der im Fortschreiten der Handlung zur Dunkelheit wird. Aus den Fenstern der bischöflichen Pfalz dringt Licht.)

Erster Auftritt.

Männer und **Frauen** (füllen in leise flüsternden Gruppen den Vordergrund der Bühne. Den Mittelgrund der Bühne, bis zum Fuße der Treppe im Hintergrunde, füllen Gruppen von) **deutschen Landsknechten** und **spanischen Fußsoldaten**, (die sich gestikulirend, hier und da einander bedrohend, durcheinander bewegen. Die deutschen Landsknechte haben ihre Spieße rechts auf der Bühne in zwei oder drei Pyramiden zusammengestellt; sie sind in der bekannten Landsknechtstracht gekleidet. Die spanischen Soldaten sind ohne Spieße, mit langen Degen an der Seite, in Brustharnischen, hohen Lederstiefeln und stählernen Helmen). **Georg von Frundsberg** (steht im Hintergrunde, auf den obersten Stufen). **Don Ignacio** (steht rechts von ihm, etwas tiefer auf den Stufen; er ist in der Art der spanischen Soldaten gekleidet). **Hauptmann Allgaier** (steht links von Frundsberg, in gleicher Höhe mit Don Ignacio. Er ist in Landsknechtstracht gekleidet). **Herzog Alba** (ganz jung, steht ganz links auf der Bühne. Er trägt den Degen, hohe Stiefel und Brustpanzer, auf dem Kopfe aber einen Hut mit kostbaren Federn). **Herzog von Najera** (Mann in reifem Alter, ohne Panzer, steht neben Alba, im Gespräch. Beim Aufgang des Vorhangs hört man das Stimmengewirr der Landsknechte und der spanischen Soldaten).

Frundsberg

(ruft mit gewaltiger Stimme in das Gewühl hinunter).

Gebt Ruhe! (Das Stimmengewirr verstummt.) Auseinander sollt Ihr gehn! Zur Rechten die Spanier — deutsche Landsknechte, tretet links. (Die spanischen Soldaten treten in geschlossener Gruppe nach links hinüber, die Landsknechte sammeln sich in ordnungslosen Haufen rechts. Zwischen Spaniern und Landsknechten entsteht nunmehr eine Gasse.) Jetzt merkt, was

109

ich sage: über die Gasse geht mir niemand! Meßt ab mit dem Spieß — eines Spießes Länge soll zwischen ihnen sein.

(Don Ignacio und Hauptmann Allgaier steigen die Stufen hinunter; Allgaier nimmt seinen Spieß, den er in Händen trägt, legt ihn quer auf den Boden, zwischen Spanier und Deutsche, dann bedeutet er die Landsknechte, sowie Don Ignacio die Spanier, entsprechend zurückzutreten.)

Frundsberg
(kommt die Stufen herab, durch die Gasse bis in den Mittelgrund der Bühne, bleibt stehen).

Herr Herzog von Najera —

Najera (tritt zu ihm).
Kriegsoberst von Frundsberg, was steht zu Diensten?

Frundsberg.
Geht Ihr zum Kaiser hinein?

Najera.
Ich bin auf dem Wege.

Frundsberg.
Wollet ihn fragen, ob Spanier die Wache halten sollen, oder deutsches Volk. (Leise) Sie kriegen sich bei den Köpfen — ich stehe für nichts.

Najera.
Ihr zeigt Euch, wie immer, als erfahrener Kriegsmann. Ich bringe Euch Bescheid. (Er geht die Stufen hinauf und durch die kleine Pforte rechts in die Pfalz hinein.)

Frundsberg
(geht langsam durch die Gasse zurück, auf seinen vorherigen Platz).

Faßberner.
Sieh, redlicher Landsknecht, das ist hier, wie am jüngsten Tag: zur Rechten die Einen, zur Linken die Andren.

Hammersbach
(schwenkt höhnisch das Barett gegen die Spanier).
Da drüben das sind die Gerechten.

Faßberner.
Wir halt, sind die Böcke.
. (Gelächter bei den Landsknechten.)
(Hinter der Scene rechts ertönt Schellengeläute.)

110

Zweiter Auftritt.

Nikodem (genannt der Fisch, kommt von rechts, auf einem Handwagen sitzend, auf dem ein Bierfaß liegt). Zwei **Knaben** (in Narrenkleidung ziehen den Wagen. An den Seitengestellen des Wagens hängen Trinkgefäße).

Nikodem.

Hallo, zweibeinige Rößlein, haltet ein. Ein frommer Landsknecht ist zur Stelle; wir sind an unserem Ort.

Hammersbach.

Der Nikodem!

Alle Landsknechte.

Das Fischlein! Das Fischlein!

Nikodem.

Das Fischlein bringt Bierlein. (Er ruft zu Frundsberg) Kriegs-Oberst, gestrenger Herr, darf eins geschenkt werden?

Frundsberg.

Ja, wenn's in Maßen geschieht.

Nikodem (schlägt den Hahn ins Faß).

Bei mir wird immer Maß-weise getrunken. Ein frisches Bier. Ein schönes Bier. Ein salutarisches Bier. Ist mir der Bruder Martin vorübergekommen auf dem Wege nach Worms, hat getrunken davon, hat gesagt: „Männlein," hat er gesagt, „Ihr schenket einen heilsamen Trank." Frommer Landsknecht heran, ist ein geistliches Bier.

Faßberner.

Her mit dem geistlichen Bier!

Alle Landsknechte.

Her damit. (Sie drängen heran, füllen sich die Gefäße.)

Nikodem (setzt sich auf das Faß auf dem Wagen).

Faßberner.

Schaut da, er steigt auf die Kanzel; gleich wird er predigen.

111

Hammersbach.

Predige eins, Nikodem.

Alle Landsknechte.

Predige!

Faßberner.

Siehst da drüben die? Das sind Spanier. Mach's laut,
daß sie davon profitiren.

Nikodem.

Nicht laut mehr, noch leise; mit dem Predigen vom
Nikodem hat's ein Ende.

Hammersbach.

Ja, warum denn?

Faßberner.

Hast es doch sonst gekonnt?

Nikodem.

Weil ich unterwegs den Bruder Martin habe predigen
hören, was sie den Doktor Luther nennen. Ihr Brüder von
Eisen und Bein — neben dem, wenn einer den Mund aufthut
im Land, so ist's eine Sünde.

Faßberner.

Der jetzt da drinnen ist?

Nikodem.

Ist nur ein einzelner Mann; spricht er, so gehen Reiter-
Schaaren aus seinem Munde, und Landsknechte ein ganzer
Haufen.

(Die Männer und Frauen im Vordergrunde der Bühne werden aufmerksam. Man
hört eine einzelne Frauenstimme: „Kommt näher, hier spricht einer vom Luther."
Männer und Frauen schieben sich zu den Landsknechten heran.)

Nikodem (nimmt die Kappe vom Haupte).

Aufgeschaut — was ist das? Ist meine Kappe. Was
thu' ich mit meiner Kappe? Abnehmen thu' ich sie vom Haupt.

112

Warum nehme ich sie ab? Weil ich vom Bruder Martin spreche. (Er schleudert seine Kappe in die Luft, fängt sie wieder auf.) Juhu, fromme Brüder, eine neue Zeit geht an im deutschen Land!

Faßberner.
Hab' auch schon von ihm gehört.

Hammersbach.
Ueberall spricht man von ihm.

Nikodem.
Wollt Ihr's hören, wie sie sprechen im Reich? Sollt es hören, kann's Euch sagen.

Faßberner.
Immer frische Fische bringt er mit sich, der Nikodem.

Nikodem (schlägt sich an den Kopf).
Da schwimmen die Fische. (Gelächter unter den Landsknechten.) Was der Hans Sachs von ihm gesagt hat. Der da in Nürnberg. Ist ein Schuster, weiß Euch aber die Worte zu setzen, besser als ein Rathsherr — (zu einem der Knaben) Du Bub' — tritt her.

(Der eine Knabe tritt vor.)

Faßberner.
Warum sagst Du's nicht selbst?

Nikodem.
Wenn der Bub' es spricht, werdet Ihr meinen, die lieben Engel im Himmel zu hören. Bub' Du, fang' an.

Der Knabe.
Vater, was soll ich sagen?

Nikodem.
Singen sollst Du, die Wittenbergsche Nachtigall.

Der Knabe.
Vater, singen aber kann ich's nicht.

Nikodem.
Hast's doch vorher gesungen?

Der Knabe.

Vater, ist mir was in den Hals gekommen.

Nikodem.

Also, wenn Du nicht singen kannst, so sprich's eben her.

Faßberner.

Sprich laut, Büblein.

Hammersbach.

Daß die Spanier es hören.

Alle Landsknechte.

Ja. Ja.

Der Knabe.

Wachet auf, es nahet gen den Tag,
Ich höre singen im grünen Hag
Ein' wunnigliche Nachtigall,
Ihr Lied durchdringet Berg und Thal.

Faßberner.

Ihr Brüder, laßt Euch sagen, das ist schön!

Hammersbach.

Das — wie soll man sagen — wiegt sich und biegt sich.

Nikodem.

Versteht Ihr's? Die wunnigliche Nachtigall?

Faßberner.

Auf den Luther geht das?

Nikodem.

Und die neue Lehre, die von ihm ausgeht und alle Herzen
mit Freuden erfüllt.

Faßberner.

Aber das ist sinnreich.

Alle Landsknechte.

Ist es. Ist es.

Nikodem.

Gebt Ruhe. Bub' Du, sprich weiter.

Der Knabe.

Die Nacht neigt sich zum Occident,
Der Tag geht auf vom Orient,
Die rothbrünstige Morgenröth'
Her durch die trüben Wolken geht.

Faßberner.

Brüder — das gefällt mir. Ist wunderschön! Das Herz
im Leibe geht einem davon auf.

Alle Landsknechte.

Thut es.

Faßberner (reicht dem Knaben seinen Krug).

Büblein — trink' Dir eins. Ihr Brüder, die rothbrünstige
Morgenröth' — das fühlt man, das greift man. Wenn man
im Feld gestanden hat, und die Nacht ist um gewesen, und
man hat gedacht, was wird kommen, wenn's jetzt Tag sein wird.

Hammersbach.

Und da geht dann die Morgenröth' so freudig durch
die Wolken.

Alle Landsknechte.

Ja freilich. Ja.

Nikodem.

Die Morgenröth', das ist er, und Dir, frommer Landsknecht, zumeist. Denn Ihr, die Ihr Haut und Leben verkauft
habt, jetzt mit so einem rechten Gottvertrauen könnt Ihr hinan-
gehn an den Feind. Alldieweilen, wenn es zum Sterben geht,
Ihr nicht mehr auszuschauen habt nach Pfaffen und Feldkaplan,
daß er absolvo te, absolvo te über Euch spricht, sondern mit
Eurem Herrgott selbst könnt Ihr sprechen, wie Euch der
Schnabel gewachsen ist und das Herz. Alldieweilen der liebe
Herrgott früher nur latein geredt hat, jetzt aber, seit der Luther
gekommen, versteht er das deutsch.

Faßberner (schwingt den Krug).

Juhu, Ihr Brüder, der Luther soll leben!

Alle Landsknechte.

Soll leben!

Alba

(der bis dahin regungslos an seinem Platz gestanden hat, tritt plötzlich an die Gasse heran).

Das verbiet' ich Euch! Das verbiet' ich Euch!

(Ein jähes Verstummen bei den Landsknechten. Aller Augen richten sich auf Alba.)

Faßberner.

Jetzt sagt mir, Ihr Brüder — wer ist denn das?

Hammersbach.

Siehst's nicht? Ein Spanier. Ein grüner dazu.

Faßberner.

Du — Krautwickel!

Alle Landsknechte (mit brüllendem Gelächter).

Krautwickel! Krautwickel!

Alba

(von Wuth übermannt, tritt in die Gasse, greift an den Degen).

Ihr — Hunde!

Faßberner.

Spieß heran! Schlagt ihn auf's Maul!

Alle Landsknechte.

Schlagt ihn auf's Maul! (Sie wollen nach den Spießen greifen.)

Frundsberg (mit donnernder Stimme).

Frieden! (Das Getöse verstummt.) Der Führer der Spanischen? Wer ist's?

Don Ignacio.

Habe die Ehre mich Euch vorzustellen: Don Ignacio.

Frundsberg.

Sagt Eurem Manne da, daß er zurücktreten soll zu seinem Haufen.

Don Ignacio.

Kriegs=Oberft, mit Verlaub, ich habe diefem Herrn nichts zu befehlen.

Frundsberg.

Da er zu Euren Leuten gehört?

Don Ignacio.

Er gehört zum fpanifchen Heer, zu meinen Leuten nicht.

Frundsberg.

Beim höllifchen Feuer — wer ift's?

Don Ignacio.

Es ift Fernand Alvarez von Toledo, Herzog von Alba.

Frundsberg.

Herzog von —?

Don Ignacio.

Von Alba. Heut angekommen von Brüffel, zu des Kaifers Perfon.

Frundsberg.

Hier auf dem Platz hat er mir zu gehorchen. (Zu Alba) Tretet hinaus aus der Gaffe. (Alba zögert.) Thut's augenblicks.

Alba.

Und daß fie — dem teuflifchen Ketzer lebe hoch rufen — ift erlaubt?

Frundsberg
(kommt in fchäumender Wuth von oben her zu Alba herunter).

Wirft Du mich die Kriegs-Artikel lehren, grasgrüner Fant?

Alba (langfam).

Weil Ihr der Kriegs-Oberft meines Königs feid, werde ich gehn. (Tritt langfam an feinen vorigen Platz.)

Frundsberg.

Ich — will es Euch — gerathen haben. (Wendet sich zu den Landsknechten) Frieden sollt Ihr halten mit den Spaniern. Wer's nicht thut, dem bricht der Teufel den Hals. Was das betrifft, daß Ihr den Bruder Martin leben laßt, die Kriegs-Artikel sagen nichts dafür und nichts dawider. Also verboten ist es nicht. (Geht die Stufen hinauf.)

Faßberner (schwingt das Barett).

Juhu unser Kriegs-Oberster!

Alle Landsknechte.

Frundsberg! Der Frundsberg!

Alba (stößt den Degen auf den Boden).

Ketzervolk, verdammtes! Vom Ersten bis zum Letzten!

Faßberner.

Eingeschenkt noch einmal!

Alle Landsknechte.

Eingeschenkt!

Faßberner.

Nikodem, noch ein ander Lied!

Nikodem.

Habe noch ein Lied. Hat es ein Ritter gesetzt. Ulrich heißt er, der Hutten.

Faßberner.

Komm heraus damit.

Nikodem.

Denn was hab' ich Euch gesagt? Wie eine Kirche geworden ist das deutsche Land, wo es nicht Große giebt und nicht Kleine. Ritter und Schuster und Bauern, alles durcheinander.

Alle Landsknechte.

Komm heraus damit!

118

Nikodem
(springt auf, steht auf dem Wagen, deklamirt begeistert).

Und will mir das verdenken
Der Kurtisanen List,
Ein Herz läßt sich nicht kränken,
Das rechter Meinung ist.
Weiß ihrer viel
Die woll'n ans Spiel,
Und müßten sie drum sterben —
Auf, Reuters Muth
Und Landsknecht gut,
Laßt Hutten nicht verderben!

Faßberner.
Soll nicht gescheh'n!

Hammersbach.
Ein Spiel woll'n wir anrichten.

Faßberner.
Ihr Brüder, was ich sage: Einen Krug wollen wir füllen
von dem Nikodem seinem Bier. Jeder giebt einen Heller
dazu. Dem Nikodem seine Buben, unschuldige Knaben,
sollen hineingehen zu dem Luther, wo er drinnen steht vor
Kaiser und Reich, ihm den Krug sollen sie bringen und sprechen
dazu: „Trink' eins, wackrer Bruder, das schicken Dir die
deutschen Landsknechte."

Hammersbach.
Bruder, das ist gut!

Alle Landsknechte.
Wollen wir! Wollen wir!

Alba (stürmt die Gasse herauf, bis an die Treppe).
Kriegs-Oberst von Frundsberg, Ihr werdet das nicht
zulassen!

Faßberner.

Wirst Du das Maul halten, Krautwickel verdammter!

Alba.

Im Namen Eures Kaisers — Ihr werdet das verbieten!

Hammersbach.

Schlagt ihn auf den Kopf!

Faßberner.

Tretet ihn vor den Leib, daß ihm der Herzog zum Maul ausfährt!

Alba (auf den untersten Stufen, schüttelt beide Fäuste).

Hundert Jahr' Leben gebe mir Gott, daß ich Euch hundert Jahre lang zeigen kann, wie ich Euch hasse, stinkende Ketzer, schmutziges Volk!

Alle Landsknechte.

Todt! Schlagt ihn todt! (Sie wollen sich auf Alba stürzen. Die spanischen Soldaten machen Miene, sich ihnen entgegen zu werfen.)

Frundsberg.

Hauptleute — tretet dazwischen!

(Don Ignacio, Allgaier werfen sich in die Gasse, drängen ihre Leute nach links und rechts zurück, rufen: „Auseinander! Auseinander!")

Dritter Auftritt.

Der Herzog von Najera (kommt aus der kleinen Pforte der Pfalz).

Najera.

Kriegs-Oberst von Frundsberg.

Frundsberg (ruft in den Haufen).

Ruhe und still! Der Herzog von Najera.

Najera.

Zunächst an Euch, Herzog von Alba; Ihr sollt herein-kommen in die Pfalz, der Kaiser wünscht Euch kennen zu lernen. (Alba steigt die Stufen empor.) Für Euch, Oberst von Frundsberg, vom Kaiser dies: die deutschen Landsknechte sollen vom Platze gehn; zur Wache bleiben die Spanier.

120

Die spanischen Soldaten (in höhnischem Triumph).
Vivat der Kaiser!

Don Ignacio (der in in der Gasse vor seinen Leuten steht).
Ruft nicht. Seid still.

Frundsberg.
Landsknechte, nehmt die Spieße auf.

Die spanischen Soldaten.
Nehmt Eure Spieße, packt ein!
(Die Landsknechte ergreifen ihre Spieße.)

Faßberner.
Zwiebel=Knaupler elendigliche, was Beſſres ſollt Ihr zum
eſſen haben, als Euren Lauch, unſre Spieße ſollt Ihr freſſen!

Alle Landsknechte.
Unſre Spieße! (Sie wollen mit gefällten Spießen auf die Spanier
losgehen.)

Nikodem (rafft die Landsknechte um ſich, ſagt eifrig, halblaut).
Brüder, ſeid ſtill. Draußen am Thor, mit einem Haufen
wilder Bauern, ſteht der Hutten. Ich führ' Euch den Weg.
Nachher kommt Ihr zurück, könnt ein Wort reden alsdann
mit den Spaniern.

Faßberner.
Können wir. Wollen wir.

Hammersbach.
Wollen wir.

Faßberner (ſchüttelt die Fauſt gegen die Spanier).
Fröhliche Wache, Pfaffenvögel und Ritter vom Lauch.

Hammersbach.
Bis wir uns wiederſehn.

Die spanischen Soldaten.
Vergeßt Eure Bierhafen nicht.

Faßberner.

Werden nichts vergessen.

Hammersbach.

Ihr sollt es spüren.

Alle Landsknechte.

Sollt es spüren.

Frundsberg.

Allgaier, der Hauptmann, geht hinter ihnen drein. Ich habe nichts mehr zu schaffen allhier. (Er geht langsam nach links ab. Die Landsknechte, Nikodem mit seinem Wagen in ihrer Mitte, ziehen nach rechts ab. Männer und Frauen des Volkes ziehen murmelnd hinter den Landsknechten her. Alba und Najera sind in die kleine Pforte der Pfalz getreten. Die spanischen Soldaten setzen und lagern sich auf den Stufen der Treppe.)

Vierter Auftritt.

Maria (in einen braunen Mantel gehüllt, kommt mit dem Haufen der Männer und Frauen, in dem sie bisher unbemerkt gestanden hat und geht mit ihnen nach rechts). **Konstanze** (tritt in diesem Augenblick aus einem Hause im Vordergrunde rechts, begegnet sich mit Maria).

Konstanze (hält Maria an den Händen fest).

Maria? Wie wir uns gesorgt haben, die Muhme und ich. Wo bist Du gewesen?

Maria (wie aus einem Traume erwachend).

Wo ich gewesen? (Blickt sich um) Ich habe das Morgenroth aufgehen sehen — Du hast es verpaßt.

Konstanze.

Das Morgenroth? Fängt doch eben die Nacht erst an?

Maria
(legt den Arm um Konstanzens Schulter, sieht ihr lachend ins Gesicht).

Ach Du — wie Du sprichst. Wär's nicht so vernünftig, so sagt' ich — komm, (sie zieht sie an den Brunnenrand) habe zu reden mit Dir. (Beide setzen sich.)

122

Konstanze.

Was willst Du mir sagen?

Maria (wiegt sinnend das Haupt).

Du fromme Seele, Du stille — (fällt ihr um den Hals) ach Du — wir müssen Abschied nehmen.

Konstanze.

Heißt das, Du willst Deinem Vater nach Basel hinterdrein?

Maria (schüttelt schweigend das Haupt).

Konstanze.

So war's doch abgeredet? Als Du krank geworden bist in Mainz, und Dein Vater hat abreisen müssen nach Basel, weil seine Reise keinen Aufschub vertrug.

Maria (nickt schweigend).

Konstanze.

Hat mein Vater Deinem Vater versprochen, daß er Dich mitnehmen wollte nach Worms und nachher nach Basel schicken mit sicherem Geleit? Das alles weißt Du doch?

Maria.

So gute Menschen seid Ihr. Darum schwöre mir jetzt —

Konstanze.

Schwören soll ich?

Maria.

Daß Du Deinem Vater nicht sagen wirst, daß Du mich hier gefunden hast.

Konstanze.

Aber was soll ich ihm sagen?

Maria.

Daß Du nicht weißt, wo ich bin.

Konstanze.

Das ist doch gelogen?

Maria (neigt sich zu Konstanzens Ohr).

Nein — denn in nächster Stunde wirst Du es in Wahrheit nicht mehr wissen.

123

Konstanze.

Was heißt denn das?

Maria.

Schwöre.

Konstanze.

Aber —

Maria.

Sonst vom Fleck spring' ich auf und laufe in die dunklen Gassen und bin Dir hinweg.

Konstanze (hält sie fest).

Nur das nicht.

Maria.

Also schwöre.

Konstanze (seufzend).

Wenn es denn sein muß. Und nach Basel willst Du nicht?

Maria.

Will ich nicht.

Konstanze.

Also kommst Du mit uns nach Augsburg zurück?

Maria.

Dahin auch nicht.

Konstanze.

Dann aber — wo bleibst Du?

Maria.

Hier.

Konstanze.

Hast doch aber niemanden hier, bei dem Du wohnen kannst?

Maria.

Thut auch nichts.

Konstanze.

Ja — wo bleibst Du alsdann?

124

Maria.

Auf der Straße.

Konstanze.

Jesses?

Maria.

Haben auch andere auf der Straße gewohnt. Um meinet-
willen.

Konstanze.

Das versteh' ich ja nicht.

Maria.

Kannst Du auch nicht. Ist ja alles ganz anders geworden,
als es früher war.

Konstanze.

Anders? Was denn?

Maria (umarmt und küßt sie).

Merkst es nicht?

Konstanze.

Was soll ich denn merken?

Maria (küßt sie noch einmal).

Merkst es noch immer nicht?

Konstanze (lächelnd).

Ja — küssen. Das hast Du früher nicht gekonnt.

Maria.

Kann ich es jetzt?

Konstanze (küßt sie).

Wundervoll. — Aber, was Du da gesagt hast — auf
der Straße? Das ist doch so gut wie Zugrundegehn?

Maria.

Ich will Dir etwas sagen: das Zugrundegehn ist nicht so
schlimm, wie man immer denkt; kommt nur darauf an, mit wem.

Konstanze.

Solch einer — ist da?

Maria.

Am Thore draußen steht er. Nachher mit Bauern und Landsknechten kommt er herein.

Konstanze.

Wer?

Maria.

Der, von dem ich nicht mehr hinweg kann. An dessen Leben ich mein Leben binden will.

Konstanze.

So weiß ich — es ist der Hutten!

Maria (schmiegt sich an Konstanze).

O leise.

(Pause.)

Konstanze.

Nun aber muß ich Dir sagen, das ist unrecht von dem Manne, ist schlecht.

Maria.

Was?

Konstanze.

Daß er Dich hergelockt hat.

Maria.

Gelockt? Er hat mich von sich gestoßen, wie mit Füßen.

Konstanze.

Und — Du?

Maria.

Und ich — laufe ihm nach.

Konstanze.

Jesses!

Maria (lachend).

Ja — nicht wahr?

Konstanze.

Bist denn Du ausgetauscht? Bist Du noch Du selbst?

Maria.

Nein, ich hab's Dir ja gesagt; ganz eine andere bin ich geworden.

Konstanze.

Sag' mir, sag' mir, Du einst die Stolze —

Maria.

Die Stolze, die Kluge, die Dumme, die war's, die er von sich gestoßen. Jetzt ab mit dem allen, und fort! (Sie streckt beide Arme vor sich hin) Mann, da bin ich, das Weib!

Konstanze.

Nimm doch Vernunft an: Ein Mann, der nichts ist, der nichts hat.

Maria.

Ein Bettler?

Konstanze.

Nicht viel anders.

Maria.

Würdest ihm Dein Kränzel nicht mehr aufsetzen, wie Du's zu Augsburg gethan? Behalt' Du's, sammt Augsburg und all' seinen Schätzen.

Konstanze.

Weißt denn Du nicht, was gescheh'n ist? Daß sie ihn in die Acht gethan haben?

Maria.

Was weiter?

Konstanze.

Todtschlagen darf ihn ein jeder, der ihm begegnet.

Maria.

Was weiter?

Konstanze.

Das weißt Du?

127

Maria.

Meinſt denn Du, der hätte nicht gewußt, daß er anders zu Ende kommen würde, als wie Hans Sparhans hinterm Ofenloch? Wenn der Edelhirſch unter die Hunde fällt — er wär' ja nicht der Edelhirſch, wenn ſie ihn nicht zerriſſen!

Konstanze.

Aber zerreißen werden ſie auch Dich. Wer ſich an den Geächteten hängt, iſt vogelfrei, wie er.

Maria.

Dann nur zuſammen mit ihm, und alles iſt gut.

Konstanze.

Maria —? Maria —?

Maria.

Denn ich hab' es immer in der Gewohnheit gehabt, auf den Höhen zu geh'n. Mag kommen, was will — ich habe das Fürchten verlernt. Wenn der Menſch liebt, dann gehört ihm die Unſterblichkeit — ſo hat er mir geſagt.

Konstanze.

Ach Du — Du — ich muß Dich küſſen —

Fünfter Auftritt.

Peutinger, Eytelwolf vom Stein (kommen aus der Nebenpforte der Pfalz, ſteigen langſam die Treppe herab).

Konstanze

(die beide Arme um Maria geſchlungen hatte, fährt auf).

Jetzt kommt mein Vater.

Maria (ſteht auf).

So geh' ich.

Konstanze (hält ſie an den Händen feſt).

Nein! Nein! Nein!

Maria.

Laß mich.

Konstanze.

Wie soll ich Dich lassen? Wie kann ich Dich lassen? Nie im Leben seh' ich Dich mehr.

Maria (beugt sich über sie).

Darum leb' wohl.

Konstanze (in Thränen).

Maria — Maria —

Maria.

Ja, Du warst immer gut.

Konstanze.

Du, wie ein Fürstenkind gewöhnt —

Maria.

Jetzt wie der Vogel in der Luft, so arm und glücklich wie er! (Sie huscht nach links, verschwindet im Dunkel.)

Konstanze (bleibt, wie gebrochen, sitzen).

Eytelwolf und Peutinger (kommen nach vorn).

Peutinger.

Sagt nicht, ich will. Beladet mein Herz nicht mit Vorwurf, es ist schwer genug.

Eytelwolf.

Aber Ihr verlaßt uns. Ihr geht.

Peutinger.

Ich gehe. Denn was soll ich hier noch? Wie der Schlauch des Aeolus ist dieser Mensch, in dem alle Winde des Erdballs eingeschlossen sind.

Eytelwolf.

Der Schlauch ist aufgegangen, und der Sturm reißt ihn fort.

Peutinger.

Also, was soll ich noch hier? Ihm zum Guten reden? Wird er auf Konrad Peutinger hören, der nicht auf Papst und Kaiser hört, und nicht einmal den Konzilien sich beugt?

Eytelwolf.

Freilich. Ich bin mitgegangen, soweit ich konnte. Aber daß er nicht einmal die Konzilien anerkennen will —

Sechster Auftritt.

Capito (kommt aus der kleinen Pforte der Pfalz, eilend zu den Vorigen nach vorn. Er trägt ein offenes Blatt in der Hand).

Peutinger.

Wer kommt?

Eytelwolf.

Es ist Herr Capito.

Capito

Ihr Herren —

Peutinger.

Was bringt Ihr?

Capito.

Alles steht auf Messers Schneide. Der Kaiser wird unwirsch. Es gereue ihn, soll er gesagt haben, daß er solch einem Ketzer freies Geleit gegeben habe.

Eytelwolf.

Seht Ihr's.

Peutinger.

Wie mit dem Huß. Es wird ein Ende nehmen, wie mit dem Huß.

Capito.

Ein Papier hat er sich reichen lassen, darauf etwas geschrieben —

Eytelwolf.

Was?

130

Capito.

Er hat's noch nicht aus der Hand gegeben; aber es soll etwas sein von der Reichsacht.

Peutinger.

Ueber den Luther?

Capito.

Ueber wen sonst?

Eytelwolf.

Da haben wir's.

Peutinger.

Du Gott, Du Gott, Du Gott.

Capito (zeigt auf das Blatt in seiner Hand).

Zu dem allen kommt noch dies.

Peutinger.

Was habt Ihr da?

Capito.

Vom Rathhause, wo es angeschlagen gewesen, hat man es abgerissen.

Eytelwolf.

Lest, was es ist.

Capito.

Es ist zu dunkel.

Peutinger.

Wir sind am Haus meiner Base. (Er geht an das Haus rechts vorn, klopft mit dem Thürklopfer, ruft) Bringt Licht heraus!

Siebenter Auftritt.

Leutgeber (eine Fackel in der Hand, kommt aus dem Hause rechts).

Peutinger.

Leuchte hier.

Eytelwolf.

Nun lest.

Capito (liest aus dem Blatte).

„Kund und zu wissen, Euch Romanisten und Dir, Albrecht, Erzbischof —"

Eytelwolf.

Albrecht? Geht das auf unseren Herrn?

Capito.

Auf wen anders — „Albrecht, Erzbischof, die Ihr verbunden seid, zu unterdrücken Ehre und göttliches Recht, daß wir uns verbunden haben dagegen, Ritter und Bauern —"

Eytelwolf.

Ritter und —?

Capito.

Und Bauern.

Eytelwolf.

Dann ist es der Hutten, von dem das ausgeht.

Capito.

Ist meine Meinung auch.

Peutinger.

Lest weiter.

Capito (liest).

„Nicht zu verlassen den gerechten Luther. Schlecht schreib' ich, einen großen Schaden mein' ich. Mit achttausend Mann Kriegsvolk: Bundschuh. Bundschuh. Bundschuh."

Eytelwolf.

Das ist das letzte.

Capito (läßt das Blatt sinken).

Ein Aufruf zu Aufruhr und Rebellion.

Peutinger (nimmt das Barett ab).

Ihr Herren, man sollte beten; es kommt für das deutsche Land eine schwere Zeit. (Bedeckt sich wieder, wendet sich zu Leutgeber) Sind Kisten und Kasten gepackt?

Leutgeber.
Ist alles fertig zur Reise, Herr Peutinger.

Peutinger.
Meine Tochter im Haus?

Konstanze (erhebt sich).
Herr Vater, sie ist schon hier.

Peutinger.
Konstanze — Du hier? Auf der Straße?

Konstanze.
Es duldete mich nicht im Haus.

Peutinger.
So gehst Du mit mir. Die Maria ist drinnen?

Konstanze (geht zum Vater, wirft sich ihm in die Arme).
Ach —

Eytelwolf.
Was ist der Jungfrau?

Peutinger.
Das Herz ist ihr schwer, wie uns allen; wundert es Euch? Ja, Kind, mein Kind, Dein junges Leben erlebt heut einen schweren Tag. Gehen die Herren zu Erzbischof Albrecht zurück?

Capito.
Wir gehen zu ihm.

Peutinger.
Meine Empfehlung richtet ihm aus. Und auf Wiedersehn in Augsburg — (Reicht ihnen die Hände.)

Eytelwolf.
Auf Wiedersehn, Herr Peutinger.

Capito.
Auf Wiedersehn.

(Peutinger mit Konstanze und Leutgeber in das Haus rechts ab, Capito und Eytelwolf gehen langsam zur Pfalz zurück.)

Achter Auftritt.

Alba (kommt aus der Pfalz, blickt sich um, wartet, bis Eytelwolf und Capito an ihm vorüber sind, wendet sich dann).

Alba (mit heiserer Stimme).

Don Ignacio!

Don Ignacio
(der auf den obersten Stufen im Hintergrunde gestanden hat, kommt herab).

Alba.

Don Ignacio!

Don Ignacio (kommt nach vorn).

Wer ruft nach mir?

Alba.

Ich habe Euch etwas zu sagen. Ich habe ihn gesehn. Ich habe ihn gehört. (Geht, wie ein wildes Thier im Käfig, auf und ab, bleibt dann vor Don Ignacio stehen) Don Ignacio, es muß etwas geschehn.

Don Ignacio.

Sind die deutschen Fürsten auf seiner Seite?

Alba.

Fürsten — diese Bierbäuche! Glotzaugen! Brett-Stirnen! Wie eine Eiterbeule stinkt dieses ganze Land zum Himmel. Ausschneiden!

Don Ignacio.

Später vielleicht.

Alba.

Heut. Jetzt. Augenblicks. Später ist zu spät.

Don Ignacio.

Der Kaiser hat ihm freies Geleit gegeben.

Alba.

Leider. Bis morgen. Morgen ist's damit zu Ende. Das wissen sie. Darum haben sie einen Plan gemacht. Hört zu:

Sobald es da drinnen zu Ende, werden sie ihn in seine Herberge geleiten. Dann ist er morgen in Sicherheit. Darum darf es dazu nicht kommen.

Don Ignacio.

Was also soll geschehn?

Alba.

Darum, sobald er dort herauskommt, müssen die Deutschen, die um ihn her sind, auseinander getrieben werden.

Don Ignacio.

Wer soll das besorgen?

Alba.

Ihr mit Euren Leuten.

Don Ignacio.

Und ihn soll ich in Verhaft nehmen?

Alba.

Ach was — Verhaft — auf dem Pflaster muß er liegen bleiben!

Don Ignacio.

Erschlagen?

Alba.

Todt.

(Pause.)

Don Ignacio.

Herr Herzog scheinen zu wissen, daß ich arm bin. Darum sprechen Euer Gnaden zu mir, wie zu einem Schnapphan, den man dingt.

Alba.

Ein — was?

Don Ignacio.

Ich habe nur ein Besitzthum, das ist wahr; aber es ist die Ehre.

135

Alba.

Was hat Eure Ehre hierbei zu thun?

Don Ignacio.

Der König hat diesem Menschen sein Wort gegeben. Für das Wort seines Königs ist jeder spanische Edelmann Bürge. Ich bin kastilianischer Edelmann.

Alba.

Wenn ich Euch sage, daß es den König gereut?

Don Ignacio.

Sein Wort.

Alba.

Daß er sich nach einem entschlossenen Manne sehnt, der ihn seines Versprechens ledig mache?

Don Ignacio.

So müßte er den entschlossenen Mann aufhängen am Galgen, wenn er ihn wortbrüchig machte.

(Pause.)

Alba (geht wie vorhin auf und ab, bleibt dann wieder stehen).

Don Ignacio — wenn Ihr von jemandem hört, der in der Acht ist — würdet Ihr Bedenken tragen, ihn zu tödten?

Don Ignacio.

Natürlich keinen Augenblick.

Alba.

Der Mönch ist in der Acht.

Don Ignacio (sieht ihm ins Gesicht).

Herr Herzog, Ihr seid ein spanischer Grande —

Alba.

Was weiter?

Don Ignacio.

Das ist nicht wahr, was Ihr da sagt.

Alba.

Wollt Ihr mich Lügen strafen, Herr? Wer ist Euer Gebieter? Der deutsche Kaiser, oder der König von Spanien?

Don Ignacio.

In erster Linie der König von Spanien.

Alba.

Der König hat die Acht über ihn verhängt.

Don Ignacio.

Ist das — wahr?

Alba.

Ich habe es geschrieben gesehn von seiner eigenen Hand. Nun versteht: damit er als Kaiser die Acht verhängen kann, bedarf es der Zustimmung der deutschen Fürsten. Sie werden ihre Zustimmung geben, das ist gewiß. Aber nicht heut, sondern morgen erst. Versteht Ihr? Morgen, weil sie wissen, daß sie ihn inzwischen in Sicherheit gebracht haben werden.

Don Ignacio.

Das — ist etwas neues.

Alba.

Don Ignacio — werdet Ihr Hand dazu leihen, daß man Euren König zum Narren macht?

Don Ignacio (drückt beide Hände an den Kopf).

Laßt mich überlegen.

Alba.

Zum überlegen ist keine Zeit. Dieser — Kerl. Wißt Ihr, was er gesagt hat? Von dem Papst, wißt Ihr, was er von ihm gesagt hat? Der Papst wäre ein Lügner.

Don Ignacio (mit dumpfem Laute).

Ah —

Alba.

Wäre der Antichrist.

137

Don Ignacio.

Ah —

Alba.

Don Ignacio — die Bannbulle des Papstes, wißt Ihr, was er damit gemacht hat? Ins Feuer hat er sie geworfen.

Don Ignacio.

Ah — nein?

Alba.

Verbrannt! Auf offenem Markt. Vor allem Volk.

Don Ignacio

(fällt auf beide Kniee, schlägt unter dumpfem Gebrüll mit der Faust auf den Brunnenrand).

Ah solches! Ah solches!

Alba.

Soll das ungestraft bleiben? Ja? Solch ein Bauer, der der Majestät ins Gesicht spuckt — soll das erlaubt sein? Ja? Der Schild unseres Königs breitet sich über die Welt — sollen wir es dulden, daß solch ein Vieh seinen Unrath darauf setzt?

Don Ignacio.

Er kann nicht leben! Er kann nicht leben! Kann nicht leben!

Alba.

Also thut, wie ich Euch gesagt habe.

Don Ignacio.

Gebt ihm ein Schwert in die Hand.

Alba.

Wozu das?

Don Ignacio.

Ein elender, waffenloser Mönch! Mord habe ich nicht gelernt.

Alba.

Was Mörder, was Mord! Vor ihn hintreten sollt Ihr als Richter auf offenem Markt. Ihn hinrichten vor allem Volk.

Don Ignacio.

Ich bin Führer der Wache, die den Reichstag schützen soll.

Alba.

Ein Vorschlag — gebt Euere Wache mir, so will ich's besorgen.

Don Ignacio.

Ohne Befehl des Kaisers kann ich meinen Posten nicht abtreten.

Alba.

Ihr — ein rechtgläubiger Christ, ein spanischer Edelmann! Ich begreife Euch nicht. Die Pest ist in der Welt — Ihr könnt sie heilen. Fühlt Ihr nicht, daß Ihr die Welt in Eurer Hand habt? Eine entschlossene That rettet Jahrhunderte.

Don Ignacio.

Ich habe Euch gehört — geht.

Alba.

Mit welchem Bescheid?

Don Ignacio.

Geht.

Alba.

Mit welchem Bescheid?

Don Ignacio.

Eine andere Stimme brauche ich, als die Euere. Vielleicht, daß ich sie höre. Geht.

Alba (steht noch einen Augenblick, sagt vor sich hin).

Ich habe den Thurm gezogen — Bauer, Du wirst geschlagen. (Wendet sich kurz um, zur Pfalz zurück.)

Don Ignacio (ringt die Hände betend ineinander).

Du, wie die Quelle, die den Sumpf aus ihrem Wege schäumt, Du, wie die Flamme, die den Rauch durchdringt, unberührbar, Maria, unberührt und unbefleckt — Dir hab' ich

mein Leben unterworfen, Willen, Denken und Gefühl. Ehre
war mein Wollen, Glauben mein Denken, Liebe zu Dir mein
Gefühl. Zwiespalt war in meiner Seele nicht. Heut, in der
Stunde, da Zwiespalt mich zerreißt, künde mir, Gebenedeiete,
ob Ehre sich trennen kann vom Glauben, ob das Ziel den
Weg rechtfertigt, der zum Ziele führt! Meiner ringenden Seele
sage es, Maria!

                         Maria
(die währenddem von links herangetreten ist, und jetzt hinter ihm steht).
Don Ignacio.

                  Don Ignacio (fährt auf).
Wer spricht zu mir?

                  Maria (blickt ihn stumm an).

                  Don Ignacio (steht auf).
Es ist die Tochter des großen Gelehrten, die den Namen
der Heiligen trägt. Dame, wie kommt Ihr hierher?

                         Maria.
Nehmt an, durch ein Wunder.

                  Don Ignacio.
Ja, wie ein Wunder bedünkt es mich. (Er starrt sie mit
glühenden Augen an.) Ihr habt Euch verändert; heißt das, Euer
Gewand; denn Euer Antlitz — nein — Euer Antlitz auch —
damals waret Ihr reizend — heut — (er wendet sich ab) Mutter
der Gnaden, wie schön sie ist!

                         Maria.
Wenn der Mensch die Spuren des Lebensweges an sich
trägt, wundert Euch das? Ihr, der Ihr ein Anderer werden
wollt?

                  Don Ignacio.
Ein Anderer — werden will?

                         Maria.
Als der Ihr in Augsburg waret.

                         140

Don Ignacio.
Wie denn war ich in Augsburg?

Maria.
Wie Ihr in Viterbo gewesen.

Don Ignacio.
Und wie war ich in Viterbo?

Maria.
Wie ich mir einen Mann denke.

Don Ignacio.
Und wie denkt Ihr Euch einen Mann?

Maria.
Wie ein ehernes Gefäß, das eine Flamme umschließt, so
daß kein Wind sie löscht.

Don Ignacio.
Habt Ihr Menschenwerth kennen gelernt? Als wir uns
zum ersten Male sah'n —

Maria.
Ich habe seitdem gelernt.

Don Ignacio.
Was habt Ihr gelernt?

Maria.
Eine Weisheit, die Einigen von selbst zutheil wird, Andere
erwerben müssen in Schmerzen.

Don Ignacio.
Dies alles klingt so dunkel — seid Ihr mit Eurem
Vater hier?

Maria.
Ohne meinen Vater.

Don Ignacio.
Ihr habt ihn verlassen?

141

Maria (senkt das Haupt).
Ich habe ihn verlassen.

Don Ignacio.
Weil Ihr zum Glauben gekommen seid?

Maria.
Zu einem Glauben bin ich gekommen.

Don Ignacio
(fällt vor ihr nieder, reißt ihre Hand an die Lippen).
Gebieterin meiner Seele!

Maria.
Aber ich weiß nicht, ob es der Euere ist. Ich fürchte,
Don Ignacio, wir sind fern von einander.

Don Ignacio.
Sagt es nicht! Sagt es nicht! Ein armer Mann bin ich
gewesen, mein Leben lang; diese einzige Stunde des Reichthums,
nehmt sie mir nicht!

Maria.
Geben möcht' ich Euch.

Don Ignacio.
Geben wollt Ihr mir?

Maria.
Wiedergeben die Flamme, die in dem ehernen Gefäß war,
das Herz, das in Euerer Brust war.

Don Ignacio.
Nie war dieses Herz heißer, als jetzt.

Maria.
Nie war es schwächer, als jetzt.

142

Don Ignacio.

Warum urtheilt Ihr so streng?

Maria.

Ihr habt eine fremde Hand hereingelassen in Eure Brust.
Auf Eurem Herzen liegt Alba's Hand.

Don Ignacio.

Weil er verlangt hat, daß ich den Mönch erschlagen soll?

Maria.

Weil Ihr angefangen habt, Mord zu überlegen.

Don Ignacio (steht langsam auf).

Und — Euere Meinung über diese Sache?

Maria.

Laßt Euch nicht dingen zum Henkeramt! Euer Herz hat
nein gesagt!

Don Ignacio.

Und wenn es so that, wer sagt mir, ob es nicht sündige
Schwäche war?

Maria.

Es sagt's Euch mein Herz. Glaubt an mein Herz, es
ward eben erst geboren.

Don Ignacio
(fällt abermals vor ihr nieder, reißt ihre Hand an sich).

Sinne und Seele lechzen in mir, Euch zu glauben. Diese
Hand, die ich umschließe, wie der Ertrinkende das rettende Seil,
taucht sie hernieder, wie kühlendes Lab in die tosende Fluth
meiner Seele! Sagt mir — in dieser Stunde, da Zweifel
wie der höllische Wolf mich zerreißt, sagt mir, warum ich ihn
nicht tödten soll, den frevelnden Mönch?

Maria.

Weil Ihr nicht tödten sollt, auf Rath des schlechten
Mannes, Einen, der kein Frevler sein kann.

Don Ignacio.

Erklärt mir das.

Maria.

Weil Einer für ihn eintritt, der nie eingetreten ist, so lange er lebt, für anderes als das Gerechte.

Don Ignacio.

Wer ist das?

Maria.

Er, dessen Freund Ihr mordet in Viterbo.

Don Ignacio (springt mit einem Satze auf).

Hutten?!

Maria.

Ulrich von Hutten.

(Pause. Beide stehen sich sprachlos gegenüber; Don Ignacio mit keuchender Brust, Maria todtenbleich, die Augen regungslos auf ihn gerichtet.)

Don Ignacio (mit heiser stockender Stimme).

Ulrich von Hutten — ist hier in der Stadt?

Maria.

Ist hier in der Stadt.

Don Ignacio.

Wird — kämpfen für den Luther?

Maria (in Todesangst, einen Schritt auf ihn zugehend).

Aber Ihr — nicht gegen ihn!

Don Ignacio.

Ah — (er weicht zwei Schritte zurück, winkt ihr, ihm nicht zu folgen, wendet das Haupt ab, sagt für sich) Maria in Himmelshöhen — ich fange an, zu begreifen. Du zeigst mir den Weg.

144

Maria.

Ihr nicht gegen ihn!

Don Ignacio
(von ihr abgewandt, in heiser ſtammelndem Gebet).

Gieb mir Kraft ihn zu geh'n. Ueber das Weib hinweg, über Freundſchaft hinweg, mich ſelbſt und mein zuckendes Herz!

Maria (bricht in Thränen aus).

Don Ignacio —— (Sie tritt dicht auf ihn zu.)

Don Ignacio (fährt zu ihr herum).

Ah, das nicht!

Maria.

Was?

Don Ignacio.

Eure Thränen nicht! Das iſt der Verſuchung zu viel!

Maria.

Ver — ſuchung? Von mir?

Don Ignacio.

Ja, von Dir; denn ich weiß, daß Du die Verſuchung biſt, daß Du die Schönheit, die Liebe, daß Du alles biſt, was heilig auf Erden und darum unheilig im Himmel iſt! Darum nicht ſehen mehr will ich Dich; nicht hören mehr will ich Dich. Los reiße ich mich von Freundſchaft, von Liebe, von allem, was auf Erden lügt und betrügt. In der Schwäche bin ich geweſen, in der Sünde und der Begier — los reiß' ich mich von allem, was unrein um mich war, um zu gehen den Weg — (rechts hinter der Scene erhebt ſich das Geräuſch von Stimmen und Schritten: Don Ignacio blickt nach rechts) und hier, glaub' ich, ſchlägt meine Stunde.

Neunter Auftritt.

Ulrich von Hutten (kommt von rechts). Eine Schaar von **Bauern** und **Landsknechten** (Erstere mit Karsten und Äexten, Letztere mit Schwertern bewaffnet, kommt hinter ihm. Bei seinem Erscheinen stehen die Mannschaften der spanischen Wache, die auf den Treppenstufen sitzen, auf. Don Ignacio tritt links hinüber zu ihnen. Maria weicht in den Hintergrund der Bühne zurück).

Hutten (zu seinen Begleitern gewendet).

Bleibt hier und wartet.

(Die Bauern und Landsknechte bleiben an der rechten Coulisse stehen.)

Hutten (wendet sich nach vorn).

Es sind uns Gäste zuvorgekommen. Soweit ich erkenne, aus Spanien. Ich will diese fremden Herren befragen, was sie in Deutschland wünschen. Wer spricht für die Herren?

Don Ignacio (tritt ihm einen Schritt entgegen).

Der Führer dieser Männer, die hier als Wache des Kaisers stehen — ich.

Hutten.

Die Stimme — sollt' ich kennen?

Don Ignacio (nimmt den Helm ab).

Ich glaube, Ritter von Hutten, wir kennen uns.

Hutten (tritt einen Schritt auf ihn zu).

Don Ignacio.

Don Ignacio.

Ihr seht mich. (Pause. Setzt den Helm wieder auf) Wollt Ihr mir erklären, zu welchem Zweck es geschieht, daß Ihr hier mit bewaffneten Männern erscheint?

Hutten.

Da ich als Deutscher auf heimathlichem Boden stehe, dünkt es mich billig, daß Ihr zuerst mir sagt, was Ihr mit spanischen Soldaten hier sucht?

Don Ignacio.

Ich habe es Euch gesagt: wir stehen hier als Wache des Kaisers.

Hutten.

Braucht er Spanier dazu?

146

Don Ignacio.

Da er der König von Spanien ist —

Hutten.

Also bewacht ihn Euch. Wir thun das gleiche mit unserem Mann.

Don Ignacio.

Wer ist das?

Hutten.

Der da drinnen vor Kaiser und Reich unsere Sache führt.

Don Ignacio.

Der — Luther?

Hutten.

Der Luther.

(Die spanischen Soldaten hinter Don Ignacio machen Miene, gegen Hutten und seine Begleiter loszubrechen; gleichzeitige Bewegung der Bauern und Landsknechte, die sich auf die Spanier stürzen wollen.)

Don Ignacio (zu den Seinen).

Soldaten, haltet Euch still.

Hutten (zu den Seinen).

Karsthans, bleib' ruhig.

Don Ignacio.

Nur Euch zu Liebe, Ulrich von Hutten, übertret' ich meine Pflicht; ich müßte den Platz räumen lassen.

Hutten.

Verlangt Ihr Dank, so sei's mit einem guten Rath: man muß nicht Almosen geben wollen, wenn man selber von der Gnade lebt.

Don Ignacio.

Wer lebt von der Gnade?

Hutten.

Ihr Spanier, die Ihr unsere Luft athmet, weil das langmüthige Deutschland es gestattet; statt daß es Euch abschüttelt, wie —

Don Ignacio.

Wie was?

147   10*

Hutten.

Das will ich Euch nicht sagen, weil wir einmal Freunde waren.

Don Ignacio.

Sagt's dennoch.

Hutten.

Wie Ungeziefer, das nicht in seinen Rock gehört.

Don Ignacio.

Dafür werdet Ihr mir Rede steh'n.

Hutten.

Das werd' ich.

Don Ignacio.

Aber zuvor sollt Ihr wissen, daß Ihr Euch irrt. Nicht als Fremde stehn wir im fremden Land, sondern als Christen im allgemeinen Vaterlande des Glaubens.

Hutten.

Noch einmal einen guten Rath: man muß sich nach der Uhr des Landes richten, in dem man lebt. Die spanische Uhr geht anders als die deutsche. Euer Glaube ist nicht der unsre mehr.

Don Ignacio.

Um so schlimmer für Euch, abtrünnige Ketzer!

Hutten.

Um so elender, Pfaffenknechte, von Euch, die Ihr nichts wißt von Gott.

Don Ignacio.

Nichts wissen — von Gott?

Hutten.

Von dem Menschen-Gott, weil man sein Gesicht Euch zu einer Maske gemacht hat, einer byzantinischen. Der das Lachen kennt, der das Weinen kennt, der jauchzende Menschen haben will, nicht heulende Mönche, der freudige Gott der freudigen Welt. Den er mir gebracht hat, der Wittenberger Mann, über

148

den sie zu Gericht sitzen, die Pfaffen und Fürsten, tausend
wider einen. Die zum Rechtspruch erheben mörderische Gewalt,
und zur Staatskunst meineidigen Wortbruch.

Don Ignacio.

Die ihm verhängen, was er zehnfach verdient hat, mit
jedem Worte, den Tod.

. Hutten.

Den Ihr nicht erleben sollt, Don Ignacio, so wahr ich
hier stehe.

Don Ignacio.

Den Ihr erleben werdet, Ulrich von Hutten, so wahr ich
hier stehe.

Hutten.

Denn zwischen ihm und dem Tode stehe ich.

Don Ignacio.

So müßt Ihr kämpfen, Ulrich Hutten, mit mir, denn ich
bin hier, den Luther zu tödten. (Er zieht den Degen.)

Hutten (springt zurück, reißt das Schwert heraus).

So hätt' ich nicht gedacht, Don Ignacio, daß es einmal ein
gutes Werk. sein könnte, Euch auszulöschen von den Lebendigen.
(Die spanischen Soldaten, Bauern und Landsknechte greifen in wilder Erregung zu
den Waffen.)

Don Ignacio.

Zurück mit Euch! Menge niemand sich ein! Gottes Auftrag ist über mir.

Hutten.

Karsthans, zurück! Hier gilt's, deutsche Antwort auf welsche
Frage. Das Lateinische verstehst Du nicht.

Don Ignacio.

Alle Heiligen, und die Kirche!

Hutten.

Gott, und der neue Mensch!

(Sie fallen sich kämpfend an. Hutten, das Schwert in beiden Händen, schlägt Don
Ignacio den Helm vom Haupte. Sie taumeln auseinander, fahren zum zweiten
Male auf einander los, Don Ignacio, von Huttens Streich getroffen, fällt zur Erde.)

149

Don Ignacio.

Jungfrau Ma — ria —

Maria (aus dem Hintergrunde, laut rufend).

Hutten! Hutten!

Die spanischen Soldaten.

Rache!

Landsknechte und Bauern.

Schlagt die Spanier todt!

(Die spanischen Soldaten, Bauern und Landsknechte stürzen sich auf einander, es entsteht ein wüthendes Handgemenge.)

Die spanischen Soldaten.

Ketzer! Verdammte!

Bauern und Landsknechte.

Bluthunde! Verfluchte!

(Die spanischen Soldaten räumen das Feld, flüchten, von Landsknechten und Bauern verfolgt, nach links.)

Hutten

(ist während des Handgemenges wankend nach vorn gekommen, auf den Brunnenrand niedergesunken).

Maria

(fliegt, sobald die Kämpfenden die Bühne verlassen haben, nach vorn, kniet zu Huttens Füßen nieder).

Hutten! Hutten! Hutten! (Sie umschlingt ihn mit den Armen.)

Hutten.

Wer kommt mir da? Wer spricht mir da? (Er reißt ihr die Kapuze vom Haupte.) Es ist die Tochter des Erasmus!

Maria.

Maria, die zu Dir kommt, um zu gehen, wohin Du gehst, zu bleiben, wo Du bleibst. Um zu leben das Leben, das Du lebst, zu sterben den Tod, den Du stirbst. Weil ich Dich liebe! Dich liebe! Dich liebe!

Hutten.

Erasmus, Deine Seele bei mir in diesem Augenblick! Unser Leben hat getauscht; Du wurdest arm, und Hutten wurde reich. (Er reißt Maria an sein Herz.) Ah, Du Reizende, Köstliche, Herrliche!

150

Maria.

Blut rinnt Dir vom Haupt. Er hat Dich verwundet.

Hutten.

Das war ich ihm schuldig. Wo ich konnte, habe ich immer baar bezahlt.

Maria
(holt ihr Tuch hervor, taucht es in das Brunnenbecken, drückt es ihm an das Haupt).

Hutten.

Schmerzen zu stillen — hast Du gelernt?

Maria.

Hab' ich gelernt von Dir.

Hutten.

Fürchtest Dich nicht mehr vor Wunden und Blut?

Maria.

Fürchte mich nicht mehr vor Wunden und Blut, vor Menschen und Welt — (läßt ihn jauchzend) vor Teufel und Tod!

Hutten (steht auf, hält Maria in den Armen).

Erasmus — das ist Dein Kind — Du bist dennoch ein großer Mann! So in der Knospe hab' ich die Blume geahnt, in dem Mädchen, das sich selbst nicht verstand, vorausgefühlt das erwarmende Weib. Losgebrochen sind die Ströme des Lebens, aufgeblüht ihre Seele, in meinen Armen liegt sie, eine Flamme der Liebe.

Maria.

In Deinen Armen halten wirst Du mich?

Hutten.

Werde ich Dich.

Maria.

Leben wirst Du für Maria?

Hutten.

Leben werde ich für Maria.

151

Maria.

An der Wunde, die er Dir schlug, sterben wirst Du nicht?

(Die große Pforte der Pfalz wird von innen aufgestoßen. Ein Lichtmeer fluthet heraus.)

Hutten (deutet auf die Pforte).

Denkt man ans sterben, wenn die Pforten aufgeh'n ins Leben?

Zehnter Auftritt.

Martin Luther (in Mönchstracht, kommt aus der Pforte). **Fürsten** und **Edle** (kommen hinter ihm).

Hutten.

Das Licht steht auf, der Tag bricht an; er geht hervor in des Menschen Gestalt, und Martin heißt er, der Luther!

Elfter Auftritt.

Landsknechte, Bauern, Männer und **Frauen** (der Stadt kommen stürmisch von rechts und links; ein tosendes Rufen von allen Seiten: „Luther! Luther! Luther! Luther!" Sie steigen die Stufen empor, so daß Luther nicht hinabsteigen kann und auf der obersten Stufe stehen bleiben muß. Einige der Menge knieen nieder. Einige Frauen heben ihre Kinder empor. Brausender Lärm).

Hutten (reißt Maria an sich).

Siehe das! Höre das! So spricht die Stimme einer neuen Zeit! Glückselige wir, die wir angehören der neuen Welt! Maria — es ist eine Freude, zu leben!

(Vorhang fällt.)

Ende des dritten Aktes.

Vierter Akt.

(Scene: Die Wohnung des Erasmus in Basel. Ein tiefes, rechtwinkliges Zimmer dessen Schmalseiten den Vorder- und Hintergrund bilden. Eine große Pforte im Hintergrund, eine kleinere Thür in der Mitte der rechten Wand; eine Wandschrank-Thür in der Mitte der linken Wand. An den Wänden rechts und links geräumige, bis an die Decke stoßende, mit Büchern gefüllte Regale. In der linken Ecke des Hintergrunds, neben der großen Pforte, ein Kamin. In der Mitte des Zimmers steht ein großer viereckiger Tisch, auf dem Bücher, Papiere, Tintenfässer, Schreibzeug aufgehäuft sind. Ueber dem Tische hängt eine Ampel von der Decke des Zimmers. Es ist halbdunkler Winter-Nachmittag. Es brennt noch kein Licht.)

Erster Auftritt.

Erasmus (in einen Pelz gehüllt, sitzt am Tische inmitten des Zimmers, brütend in Manuscripte versunken). **Hammbrocht** (kniet am Kamin im Hintergrund, heizt ein).

Erasmus.

Heize nicht so stark; Du weißt, daß ich Ofenwärme nicht vertragen kann.

Hammbrocht (ohne von seiner Arbeit aufzusehen, brummend).

Aber Erfrieren vertragt Ihr? Hm? Vierzig Jahr in Eurem Dienst — soll ich nicht wissen, was Euch noth thut? Daß Ihr Hüftschmerzen habt, Gichtschmerzen habt, Steinschmerzen habt, habt Ihr vergessen? Hm? Wird Euch schon wieder ein- fallen, morgen, wenn's Reißen kommt.

Erasmus.

Rede nicht so viel.

Hammbrocht.

Reden ist gesund. (Halblaut für sich) Gesunder, als das ewige Lesen und Schreiben. (Er erhebt sich vom Kamin, tritt an die Pforte im Hintergrunde, reißt sie auf) Also einmal. (Durch die geöffnete Pforte blickt man auf den in gleicher Höhe mit dem Zimmer gelegenen Hof hinaus. Der Hof ist mit dichtem Schnee bedeckt. In der Mitte des Hofes der Ziehbrunnen; über diesem, in eisernem Gestell, eine brennende Laterne.)

Erasmus (fährt aufschauernd herum).

Mach' doch die Thür zu!

Hammbrocht (plump lachend).

Nur, daß Ihr einmal die Kälte draußen seht. (Er wirft die Pforte zu.) Der ist wieder dagewesen.

Erasmus.

Wer?

Hammbrocht.

Der Ritter ohne Roß, von Eppendorf. Habe ihm gesagt, Ihr seid nicht zu sprechen.

Erasmus.

Hab' ich Dir nicht gesagt, Du sollst die Leute nicht ab= weisen, eh' Du mich gefragt?

Hammbrocht.

Einen Hofhund solltet Ihr annehmen; wollt Ihr nicht, muß ich statt seiner bellen. Leute, wie der Eppendorf, thun Euch nicht gut.

Erasmus.

Was hat er von mir gewollt?

Hammbrocht.

Alte Geschichten.

Erasmus.

Was?

Hammbrocht.

Von dem anderen, dem Hutten.

Erasmus.

Was hat er von dem Hutten gesagt?

Hammbrocht.

Ist mit ihm gewesen nach Mülhausen. In Mülhausen wollen sie's ihm machen, wie sie's in Basel gethan, ihn hinauswerfen.

Erasmus (für sich).

Ließ sich denken.

154

Hammbrocht.

Hat er gemeint, wenn man ihn in Basel hätte bleiben lassen, wär' alles anders gekommen.

Erasmus.

Warum?

Hammbrocht.

Es geht ein Gerede —

Erasmus.

Was für ein Gerede?

Hammbrocht.

Wäre ein Weibsbild, das sich an den Hutten gehangen. Hätten sie nach Basel gewollt, zum Oekolampad, was der Prediger ist, von der neuen Lehre, an Sanct Martin — daß er sie zusammengäbe zu ehelichen Leuten.

Erasmus.

Ein — Weib?

Hammbrocht.

So erzählen sie's auf den Gassen. Sie toben wider den Rath, daß er dem Hutten Obdach versagt hat.

Erasmus.

Was für ein Weib soll es sein?

Hammbrocht.

Denn die hier in Basel, was das Volk ist, lieber heut als morgen möchten sie sich der neuen Lehre verschreiben.

Erasmus.

Was für ein Weib soll es sein?

Hammbrocht.

Weiß ich nicht. Hab' sie nicht gesehn.

Erasmus (sucht auf dem Tisch).

Wo ist der Brief hingekommen, vom Herrn Peutinger aus Augsburg?

Hammbrocht (tritt an den Tisch).

Den hab' ich hier hingethan. (Schiebt ihm einen offenen Brief zu, der unter den Papieren liegt.)

Erasmus (versinkt in das Lesen des Briefes).

Hammbrocht.

Jetzt kommt Besuch. (Geht an die Thür rechts, öffnet.)

Zweiter Auftritt.

Johannes Froben, Basilius Amerbach (kommen von rechts).

Hammbrocht.

Herr Johannes Froben und Herr Basilius Amerbach.

Erasmus (blickt auf).

Gott zum Gruß die Herren.

Froben und Amerbach.

Gott zum Gruß dem Meister Erasmus. (Sie drücken sich mit Erasmus die Hand, setzen sich ihm gegenüber an den Tisch.)

Erasmus (zu Hammbrocht).

Gieb Wein.

Hammbrocht (am Wandschrank links).

Bin schon dabei. (Nimmt aus dem Schranke eine Flasche weißen und eine Flasche rothen Wein, setzt Gläser auf den Tisch, schenkt Froben und Amerbach von dem weißen, Erasmus von dem rothen Wein ein.)

Erasmus.

Warum für mich aus der anderen Flasche?

Hammbrocht.

Weil der Wein nur für Euch ist. Herr Johannes Froben, Herr Basilius Amerbach, er verträgt den Schweizer Wein nicht. Also hat ihm ein Herr aus Frankreich Burgundischen geschickt. Ist's in der Ordnung, daß er allein ihn trinkt?

Froben.

Freilich ist's in der Ordnung.

Amerbach.

Wir vertragen den Schweizer Wein.

156

Hammbrocht.

Ihr habt einen standhaften Magen. Den hat er nicht.
(Er steigt auf einen Schemel, zündet mit einem Kienspan die Ampel über dem Tische an.)
Jetzt mach' ich Euch Licht. Herr Johannes Froben, Herr Basilius
Amerbach, er verträgt die Dämmerung nicht. (Er steigt vom Schemel
herab.) Habt Ihr sonst noch was zu besorgen?

Erasmus.

Nichts.

Hammbrocht.

So geh' ich?

Erasmus.

Geh'.

Hammbrocht.

Also, bis Ihr mich wieder braucht. (Geht rechts ab.)

Froben (lächelnd).

Er tyrannisirt Euch schier mit seiner Sorgfalt.

Erasmus.

Herr Froben, Ihr seid verheirathet?

Froben.

Habe Weib und Kind.

Erasmus.

Herr Amerbach, desgleichen?

Amerbach.

Desgleichen.

Erasmus (seufzend).

Wer's auch so hätte.

Froben (lächelnd).

Solches war man vom Herrn Erasmus früher nicht gewöhnt.

Erasmus.

Früher war ich jung.

Amerbach.

Ihr werdet nicht sagen, daß Ihr jetzt alt seid?

Erasmus.

So werden's die Anderen sagen.

Froben.

Wer?

Erasmus.

Die Jungen, die nichts mehr von mir wissen wollen.

Froben.

Meister —

Erasmus.

Und ich nichts von ihnen!

(Pause.)

Froben (zögernd).

Damals, als wir Euch einluden, nach Basel zu kommen, war Eure Tochter bei Euch?

Erasmus (aufzuckend).

Sie ist nicht da. Auf Besuch. Beim Konrad Peutinger in Augsburg. (Er verstummt, blickt vor sich hin, plötzlich steht er am Stuhle auf.) Nein — ist nicht wahr. (Er schlägt auf den Brief, der vor ihm auf dem Tische liegt.) Da liegt Peutingers Brief. Sie ist nicht bei ihm. (Er sinkt auf den Stuhl zurück.)

Amerbach.

Ihr wißt nicht, wo sie —

Erasmus.

Weiß nicht, wo sie ist. Hat mich verlassen, wie mich Alles verläßt.

Froben.

Meister Erasmus — wer verläßt Euch?

Erasmus.

Alle! (Pause.) Philipp Melanchthon — habt Ihr nicht gesagt, daß er in Wittenberg ist?

Froben.

Herr Amerbach hat es gesagt.

158

Amerbach.

Ich hörte so.

Erasmus.

War mein Schüler. Von allen meinen Schülern der beste. Habe ihm geschrieben. Er ist nicht gekommen. Kommt nicht.

Froben.

Es giebt andere, außer ihm.

Erasmus.

Justus Jonas — war mein Schüler. Wo ist er? In Wittenberg. Oekolampadius —

Amerbach.

Der ist hier in Basel.

Erasmus.

Und predigt die Wittenberg'sche Lehre.

Amerbach.

Der Rath hat ihn zum Prediger gemacht, das ist wahr.

Froben.

Nicht aus eigenem Antrieb. Die Volksgemeinde hat ihn gezwungen.

Erasmus.

Hat ihn gezwungen. Da sagt Ihr's. Es giebt keinen Widerstand mehr. Dies Wittenberg — ein Strudelloch ist es im Meer, das die Waffer in sich zieht. Wer sich nicht ergiebt, den wirft's auf den Sand. Da liegt er, ein Wrack; und nennt sich Erasmus.

Froben.

Meister — Meister —

Amerbach.

Könige und Fürsten sind Euch gewogen.

Erasmus.

Schafft mir die Geister.

159

Froben.

Der Rath von Basel steht zu Euch.

Erasmus (zuckt die Achseln).

Der Rath von Basel —

Amerbach.

Das könnt Ihr nicht streiten. Damals, als sie Euch gefragt, ob sie den Hutten aufnehmen sollten in die Stadt, sobald Ihr gesagt, sie sollten's nicht thun, haben sie ihm die Thore verschlossen.

Erasmus (mit schiefem Blick auf Amerbach).

Macht Ihr's mir zum Vorwurf?

Amerbach.

Was?

Erasmus.

Daß ich ihnen den Rath gegeben?

Froben.

Niemand macht's Euch zum Vorwurf.

Erasmus.

Das weiß ich anders; das Volk in den Gassen tobt wider mich.

Froben.

Ja nun — das Volk.

Erasmus (der wieder in Brüten verfallen, fährt wieder auf).

Konnte ich anders? Ich konnte nicht. Was hat er in Basel gewollt? Er wollte zu mir. Konnte ich ihn aufnehmen bei mir? Ich konnte nicht. Ich, des Kaisers Rath, den Menschen in Acht und Bann!

Froben.

Niemand konnte das von Euch verlangen.

Erasmus.

Die Wittenberg'schen verlangen es doch.

160

Froben.

Das wird Euch nicht aufregen.

Erasmus.

Wird mich nicht aufregen — habt Ihr's durchgemacht, was es heißt, von denen angespien zu werden, deren Abgott man war? (Er verstummt abermals, fährt dann wieder auf) Die Undankbaren! Die Undankbaren! Mein Geist hat sie gesäugt, meine Gedanken haben sie denken gelehrt.

Froben.

Alle Rechtschaffnen stimmen Euch bei.

Erasmus.

Sie nennen mich einen Fürstenknecht. (Er reißt ein Schubfach an dem Tische auf, holt einen Haufen Briefe hervor) Seht dies; Briefe von Königen, Fürsten und Prälaten, seit Jahrzehnten bis auf heut. Ein Wort in allen: „Erasmus, komm zu uns." Ich bin nicht gekommen. Wohlleben hätt' ich gehabt, Hülle und Fülle — ich bin nicht gekommen. Warum bin ich nicht gekommen? Weil ich frei sein wollte bei meinen Büchern, keinen Herrn haben wollte, außer meiner Wissenschaft. Nie hab' ich den Mund aufgerissen, nie von Freiheit deklamirt; in meinem Bewußtsein hab' ich sie getragen. Kein Mensch auf Gottes Welt ist freier als ich.

Froben.

Das weiß man von Euch, Herr Erasmus.

Amerbach.

Daß Ihr den Gedanken in die Welt gesetzt habt, von der Freiheit des Geistes.

Erasmus.

So sagt es denen, die es nicht wissen wollen, die nichts verstehn von der Freiheit des einsamen Manns, weil sie Parteiknechte sind. — Was wißt Ihr von dem Hutten?

Amerbach.

Er hat noch Freunde.

Erasmus.

Da seht Ihr's.

Froben.

Was?

Erasmus.

Ein Bettler, wenn er den Geist der Zeit hinter sich hat, ist noch immer ein König, verglichen mit — mit — (Er ballt die Faust, schlägt auf den Tisch) Man sagt, ein Weib ginge in seiner Gemeinschaft?

Amerbach.

Man sagt's. Genaues weiß man nicht.

Froben.

Eine Dirne vermuthlich; er hat deren manche aufgelesen auf seinem Weg.

Erasmus.

Er hätte nach Basel gewollt, erzählen sie, daß der Oekolampad sie ehelich zusammengäbe?

Amerbach.

Davon habe ich nichts gehört.

Erasmus.

So ist's ein Straßen-Geschwätz?

Froben.

Jedenfalls.

Amerbach.

Im übrigen — sie sagen, er ist todtsterbenskrank.

Erasmus.

In Mülhausen?

Froben.

In Mülhausen.

162

Vierter Akt.

Amerbach.

Schon lange nicht mehr. Aus Mülhausen haben sie ihn ausgetrieben. Bei Nacht hat er entweichen müssen; mit Gefahr an Leben und Leib.

Erasmus.

Wohin?

Amerbach.

Irgendwohin.

Erasmus (düster sinnend).

Im Winter.

Amerbach.

Und krank.

Erasmus (springt auf, geht im Zimmer auf und nieder).

Es war nicht möglich, daß ich ihn aufnahm! Bezeugt mir das!

Froben.

Ihr dürft Euch beruhigen; er hat Euch vergolten.

Erasmus (bleibt stehen, sieht Froben fragend an).

Froben.

In Mülhausen hat er geschrieben, wider Euch.

Erasmus.

Was?

Froben.

Laßt es ruhn.

Erasmus.

Was?

Froben.

Nichts gutes. Man hat's mir angeboten, daß ich es drucken sollte — hab' es nicht gethan.

Erasmus.

So habt Ihr's gelesen. Was hat er gesagt?

163   11*

Froben.

Ich mag es Euch nicht wiedergeben.

Erasmus.

Herr Amerbach, Ihr habt's gelesen?

Amerbach (nickt stumm).

Erasmus.

Was hat er geschrieben?

Amerbach.

Weiß es nicht mehr so genau.

Erasmus.

Sagt, wie Ihr's wißt.

Amerbach.

Ihr wäret abtrünnig geworden, hat er gesagt, von der großen Sache und von Euch selbst. Lieber wolle er sein, wo er sei, in Elend und Bann, mit gutem Gewissen, als wo Ihr wäret — (Er verstummt.)

Erasmus.

Als wo ich wäre —?

Amerbach.

Ah nun — ich —

Erasmus.

Als wo ich wäre —?

Amerbach.

Im Wohlleben, und mit dem Bewußtsein, daß Ihr Eure Freunde verrathen.

Erasmus.

Der Bettler! Der vor mir gestanden hat, wie vor seinem Gott! Das hat er geschrieben! Das wird gedruckt werden! Herr Froben, wird es gedruckt werden?

164

Froben.

Nicht bei mir.

Erasmus.

Bei einem Anderen?

Froben.

Leider, so hör' ich; Johann Schott in Straßburg will es bringen.

Erasmus.

So wird es in die Welt geh'n! Aufheulen werden sie wider mich! (Er stürmt im Zimmer auf und ab.) Gut denn — ich gehe — gehe hinweg.

Froben.

Von Basel?

Erasmus.

Aus Basel. Aus Deutschland.

Froben.

Wohin?

Erasmus.

Nach Rom.

Froben.

Herr Erasmus —?

Amerbach.

Herr Erasmus —?

Erasmus.

Ihr meint, er ist auf's Altentheil gesetzt, der Erasmus? Die Welt fragt nicht mehr nach ihm? (Er tritt an den Tisch, wühlt mit fliegenden Händen unter den Papieren) Da seht, ob sie nach ihm fragt. Von wem ist das? (Er wirft einen offenen Brief auf den Tisch) Könnt Ihr lesen? Von Papst Hadrian. Einladung nach Rom. (Er wirft einen zweiten Brief neben den ersten) Von wem ist das? Könnt Ihr lesen? Vom Kardinal von Zion. Einladung nach Rom.

165

Die Tochter des Erasmus.

Bedingungen — wollt Ihr sie hören? Glänzende. *(liest aus dem zweiten Briefe)* Ein eigenes Haus in Sanct Peters Stadt, dicht am Vatikan. Alle Reisekosten erstattet. Hundert Dukaten jährlich fest. *(Er wirft den Brief auf den Tisch zurück)* Nun, Ihr Herren? Nun, Ihr Herren?

Froben.

Nicht, daß man dem Meister Erasmus glänzende Bedingungen stellt, wundert uns, sondern —

Erasmus.

Sondern was?

Froben.

Daß er sie anzunehmen gedenkt.

Erasmus.

Warum soll ich sie nicht annehmen? Warum soll ich nicht nach Rom gehn?

Amerbach.

Wär's nicht, als wenn Ihr selbst das Siegel drücktet unter alles, was sie gegen Euch vorbringen?

Erasmus.

Ihr hört, daß sie mich zum Feinde haben wollen. Laßt uns sehn, wer der stärkere ist, ich oder dieser Luther, der mir meine Gedanken gestohlen hat.

Amerbach.

Ge — stohlen?

Erasmus.

Gestohlen, verdorben und gemein gemacht! Seht mich nur an; so sag' ich. *(Er geht noch einmal in schweigender Wuth auf und ab)* Wo ist er? Wo steckt er? In Wittenberg natürlich, wo er neue Pläne ersinnt mit den Seinen?

Froben.

Er ist nicht in Wittenberg.

166

Erasmus.

Wo dann?

Froben.

Auf der Heimreise von Worms hat Kurfürst Friedrich ihn greifen lassen und auf eine seiner Burgen geführt, damit er sicher sei vor dem Kaiser.

Erasmus.

Eine seiner Burgen? Welche?

Froben.

In Thüringen, man weiß nicht genau.

Erasmus.

Und da sitzt er?

Froben.

Sitzt und schreibt.

Erasmus.

Schreibt? Was?

Froben.

Man möcht's nicht glauben; es klingt merkwürdig.

Erasmus.

Also, was?

Froben.

Die heilige Schrift, so heißt's, überträgt er ins Deutsche.

Erasmus (steht wie angedonnert, starrt Froben an).

Die — Bibel?

Froben.

Daß er sie dem Volk verständlich mache.

Erasmus.

Die — ganze Bibel?

Froben.

So heißt's.

Amerbach (auffahrend).

Das — wenn es wahr ist — wäre ein großes Ding.

Froben.

Es ist gewiß nicht wahr; es dünkt mich unmöglich.

Erasmus.

Warum nicht wahr? Warum nicht möglich? Was wäre ihm unmöglich, dem — Leviathan? (Er drückt beide Hände an die Schläfen, steht einen Augenblick starr, dann geht er an die Bücherei, reißt ein Buch heraus, schlägt es auf, zeigt es Froben) Jetzt seht mir das. Bei Euch, Herr Froben, ist's verlegt. Was ist's?

Froben (blickt in das Buch).

Es ist das neue Testament, aus dem griechischen Text ins Latein übertragen durch Meister Erasmus.

Erasmus (schleudert das Buch auf den Tisch).

Durch Meister Erasmus. Wer also war's, der den Gedanken zuerst gedacht hat? Wer also ist's, der ihn aus den Händen des Erasmus nimmt, als seinen eigenen?

Amerbach.

Aber — ins Deutsch?

Erasmus.

Was weiter?

Amerbach.

Lateinisch versteht der Bauer nicht.

Erasmus.

Was weiter?

Amerbach.

Jetzt kann er das heilige Buch lesen.

Erasmus.

Und das dünkt Euch gut?

Amerbach.

So wie ich's an mir selbst empfinde — ja.

Erasmus.

So laßt Euch sagen, daß Ihr falsch empfindet.

Amerbach.

Herr — Erasmus —?

Erasmus.

Weil es nicht gut ist, sondern thöricht, unsinnig und schlecht.

Froben.

Lieber Meister — lieber Meister —

Erasmus.

Weil es ein Verbrechen ist, wenn man dem Unwissenden, Unreifen, Unmündigen ein Buch in die Hand giebt, das er nicht versteht.

Amerbach.

Wenn er es in seiner Sprache liest?

Erasmus.

So wird er es halb verstehn, und darum schlechter als gar nicht. Ich habe zu gut gedacht von diesem Luther. Ich habe gewußt, daß er ein mittelmäßiger Gelehrter ist, ein verworrener Kopf, aber ich habe ihn für ehrlich gehalten.

Froben.

Sollte er das nicht sein?

Erasmus.

Er ist nicht ehrlich.

Amerbach.

Um meiner Verehrung, meiner Liebe willen zu Euch, sagt das nicht von ihm.

Erasmus.

Nicht ehrlich ist, wer ein Geheimniß verräth, das ihm vertraut war. Ein Geheimniß ist die Wissenschaft, ein heiliges. Den Berufenen ward es anvertraut. Zu den Berufenen hat auch er gehört. Und er giebt es preis aus Eigennutz.

➤ Die Tochter des Erasmus. ◆—

Amerbach.

Aus — Eigennutz?

Erasmus.

Um sich einen Anhang zu schaffen.

Froben.

O Himmel, theurer Meister, seid nicht zu streng.

Erasmus.

Zu streng — ich will Euch etwas sagen, merkt auf, daß
Ihr's versteht. Die Krankheit von Anbeginn, daran die Welt
leidet, die jeden großen Aufschwung zurücksinken läßt ins elende
Gestern, wißt Ihr, worin sie besteht? Darin, daß die großen
Gedanken in die unrechten Köpfe kommen. Im Haupte eines
großen Menschen wird der Gedanke geboren — denn die großen
Persönlichkeiten sind es, von denen das Heil der Menschheit
kommt, nicht die großen Massen — dann kommen die
Mittelmäßigen, schleichen sich heran, tragen ihn hinweg, als
ihren Raub, machen ihn grob, machen ihn gemein, machen ihn
mundgerecht für die Masse, und so, entkleidet seiner Majestät,
unähnlich geworden sich selbst, geht der Gedanke hinaus zu dem
Pöbel, der ihn hinunterschlingt, wie einen Fraß. Was zur
Erlösung der Menschheit gedacht war, schwärt in ihr weiter,
wie fressendes Gift, aus dem Heil wird der Fluch. So war
es, so ist es, so macht er es wieder, dieser Papst von Wittenberg, dieser schlimmere, als der römische es war! Darum von
ihm, der Wissenschaft und Geist nicht achtet um ihrer selbst
willen, der sie als Köder mißbraucht zu elendem Zweck, von
ihm und seinem Anhang sag' ich mich los! Ich habe ihn
beobachtet, als er anfing, mit Aufmerksamkeit; ich bin ihm ge-
folgt, als er fortfuhr, mit Besorgniß; heut, da er zum Gipfel
steigt und die Hände ausstreckt nach dem Allerheiligsten —

(An der Mittelthür ertönt von außen ein leises Kratzen.)

170

Erasmus

(unterbricht sich, steht wie angewurzelt, lauscht nach der Mittelthür, halb für sich).

Was war — das?

(Es entsteht eine Stille, während dessen ertönt das Kratzen an der Thür zum zweiten Mal.)

Erasmus

(von Aufregung überwältigt, thut einen Schritt auf die Thür zu, als wollte er sie aufreißen).

Das ist — (er hält inne, wendet sich zurück) **Liebe Herren — liebe Freunde —**

(Froben und Amerbach haben sich erhoben.)

Froben.

Wir sollen Euch verlassen?

Erasmus.

Nehmt's nicht für ungut — (Er reißt die Thür rechts auf.)

Amerbach.

Daß Euch die Stunde gutes bringe.

Froben.

Lebt wohl.

Amerbach.

Lebt wohl.

(Froben und Amerbach gehen rasch, einen Händedruck mit Erasmus wechselnd, rechts ab.)

Erasmus

(stürzt, sobald sie hinaus sind, an die Mittelthür, reißt sie auf).

Dritter Auftritt.

Maria (kommt langsam über die Schwelle herein. Sie ist im Mantel, wie im vorhergehenden Akt; der Mantel ist an mehreren Stellen durchlöchert und eingerissen. Ihre Schuhe sind zerrissen, so daß die nackten Füße daraus hervorblicken. Ihr Haar ist in Unordnung, ihr Gesicht todtenblaß, mit allen Merkmalen der Erschöpfung. In ihren Augen ist ein starrer Blick).

Erasmus

(stürzt mit einem Schrei über sie her, schließt sie in seine Arme).

Maria!!

Maria (steht regungslos, langsam umherblickend).

171

Erasmus.

Sie ist wieder da! Alles hab' ich verloren, alles habe ich wieder! Maria! Maria! (Er bedeckt sie mit leidenschaftlichen Küssen.)

Maria
(gewahrt die Weinflaschen auf dem Tisch, tritt rasch hinzu).

Wein! (Sie ergreift eins der Gläser, die vor Froben und Amerbach gestanden haben) Trinken!

Erasmus
(kommt ihr zuvor, entreißt ihr das Glas und schiebt ihr das für ihn gefüllte zu).

Nimm den; der ist besser.

Maria
(nimmt das Glas in beide Hände, trinkt es in tiefen Zügen aus).

Ah —

Erasmus (nimmt ihr das Glas ab).

Thut es Dir gut?

Maria (sinkt auf den Stuhl, auf dem Erasmus gesessen hat).

Gut — gut.

Erasmus (steht neben ihr, halb über sie gebeugt).

Frierst Du?

Maria (nickt stumm).

Erasmus (schließt rasch die Mittelthür).

Willst Dich zum Feuer setzen?

Maria (schüttelt das Haupt).

Erasmus.

Hungert Dich?

Maria (nickt stumm).

Erasmus.

So geb' ich Dir Brod. (Er eilt an den Wandschrank, kommt mit einem Laib Brod zurück, reicht ihn ihr) So komm, so iß!

Maria
(hält den Brodlaib in Händen; es sieht aus, als wollte sie ihn brechen, dann giebt sie ihn dem Vater zurück).

Ach — laß.

172

Erasmus

(nimmt das Brod, legt es mit einem rathlosen Ausdruck des Gesichtes auf den Tisch zurück, dann nimmt er ihr den Mantel ab).

Nur den Mantel, der naß ist vom triefenden Schnee. (Indem er ihr den Mantel abnimmt, gewahrt er die Abgerissenheit ihrer Erscheinung.) Ist das mein Kind? Wie siehst Du aus? (Er kniet neben dem Stuhl nieder, auf dem sie sitzt.) Maria! Daß Du verhungernd zurückkommst zu Deinem Vater, warum hast Du mir das gethan? Zu Deinem Vater, der nicht hat schlafen können, weil er Deiner gedachte? Der nicht hat arbeiten können, weil er Deinen Schritt nicht hörte im Hause, Dich nicht sitzen sah, ihm gegenüber am Tisch? Die klugen Augen, daraus mir Fröhlichkeit in die Seele strahlte, warum sind sie verstört? Das goldne Haar, das wie ein Krönlein Dein Haupt umschloß, warum hängt es herab? Diese Füße, die ich in Gold und Seide gekleidet, warum blicken sie aus zerrissenen Schuhen, wie die Füße einer Bettlerin? Maria, wo bist Du gewesen? In welchem Elend hast Du geschmachtet? Wo kommst Du her?

Maria (wendet sich langsam zu ihm).
Aus dem Leben.

Erasmus.
Warst Du da nicht, als Du bei mir warst?

Maria
(sieht ihm mit einem kaum wahrnehmbaren Lächeln ins Gesicht).

Im Vogelbauer, auch wenn's ein goldner, ist man da im Leben?

Erasmus.
Hab' ich Dich so gehalten?

Maria
(legt die Hand auf des Vaters Haupt, ihre Finger spielen leise auf seinem Scheitel, ihre Augen senken sich tief und tiefer in die seinen).

Zauberer — Du wunderbarer.

173

Erasmus.

Warum?

Maria.

Wie Du Dir Deinen Vogel abgerichtet hattest; daß er sprechen gelernt hat, alle Sprachen der Welt.

Erasmus.

Bist Du das?

Maria (beugt sich zu ihm, legt ihre Stirn an seine Stirn).

War ich denn nicht Dein Spielzeug?

Erasmus.

Darum bist Du von mir entflohen, in Jammer und Noth?

Maria (richtet das Haupt auf).

Freilich in Noth — in Jammer nicht.

Erasmus.

Da Du in Lumpen zurückkommst?

Maria.

Die elenden Fetzen. (Sie blickt ihn wieder mit dem geheimnißvollen Lächeln an) Ach Du — wer weiß, wer von uns beiden der reichere ist?

Erasmus.

Hast Du da draußen den Reichthum gefunden?

Maria.

Ja.

Erasmus.

Was hast Du gefunden?

Maria.

Den Menschen.

Erasmus.

Sprich nicht in Räthseln.

Maria.

Du Kluger, verstehst Du es nicht? Weißt Du nicht mehr von der Frau, die hinter dem Mann einherging, der all' ihr Denken verschlungen hatte, weil er der herrlichste war seiner Zeit? Dem Erasmus? Hast Du sie vergessen? Ja sieh — ich glaube wahrlich. Aber ich bin ihr Kind — habe Schicksal von ihr geerbt. Auch mir ist solch ein Mann gekommen —

Erasmus.

Wer war der Mann?

Maria.

Du kennst ihn ja.

Erasmus.

Ein Gerücht hab' ich gehört, von dem landflüchtigen Mann, dem Mann in Acht und Bann, den sie austreiben von Stadt zu Stadt —

Maria.

Warum gehst Du um seinen Namen herum?

Erasmus.

Und von einem Weibe, das sich an ihn gehangen hat.

Maria.

So sagen die Leute?

Erasmus.

Weißt Du von dem Weibe?

Maria.

Wie sollt' ich nicht?

Erasmus.

So bist Du selbst das Weib?

Maria.

Wer anders?

Erasmus (springt auf).

So ist es wahr, daß er zum Dieb an mir geworden ist, der Bettler, und mir mein Kind zur Dirne gemacht hat?!

Maria (fährt vom Stuhle mit einem schrillen Schrei auf).

Ah Du! Was haft Du da gesagt? (Beide stehen sich, flammenden Auges, gegenüber. Nachdem Maria einige Augenblicke lautlos gestanden hat, geht sie an das Bücher-Repositorium, sucht mit den Augen, holt ein Buch herab, schlägt es auf, legt es aufgeschlagen auf den Tisch, deutet mit dem Finger auf eine Stelle, sagt dann in befehlendem Tone zum Vater) Lies!

Erasmus
(tritt zögernd heran, nachdem er der Tochter staunend zugesehen hat).

Was — soll ich lesen? (Er blickt in das Buch) Des Sophokles Antigone?

Maria (den Finger auf der bezeichneten Stelle festhaltend).

Lies hier!

Erasmus (liest aus dem Buche).

„Geliebter Hämon, wie der Vater Dich beschimpft —" (Sein Blick hebt sich langsam von dem Buche und geht zu Maria hinüber, die aufgerichtet am Tische steht. Es sieht aus, als wenn er sie jetzt erst wiedererkennte; ein Ausdruck von Staunen, Bewunderung, leidenschaftlicher Zärtlichkeit erhellt seine Züge, er sagt, steigenden Tones) Sie ist es — sie ist es — ist es doch — mein leuchtender Verstand — mein Geist — meine Seele. (Er sinkt auf den Stuhl, umfängt sie mit beiden Armen) Komme zurück zu mir! Bleibe bei mir!

Maria (auf ihn herniederblickend).

Ist Deine Tochter eine Dirne?

Erasmus.

Vergiß, was ich gesagt! Alles vergiß, nur eins bewahre, daß ich nicht sein kann ohne Dich! Sieh — ich spreche zu Dir, als spräch' ich zu mir selbst: ich bin kalt gewesen zu den Menschen, es ist wahr. Tausende sind hinter mir hergegangen, keinem hat mein Herz geschlagen, Liebe war mir eine Last. Eine Stelle war in meinem Herzen, da war es warm, da war es hell, da war es gut. Da, wo Dein blondes Köpfchen auftauchte in meinem Herzen, da war's; wo Dein süßes Gesicht mich anlächelte, da war's! Dich hab' ich geliebt. Hast Du es nie empfunden? Niemals?

Maria.

Ach Vater — Vater — ja. (Sie beugt sich zu ihm nieder, legt die Arme um ihn; bricht in Thränen aus.)

Erasmus.

O nicht weinen — nie hast Du früher geweint.

Maria.

Ich ertrag' es ja nicht mehr.

Erasmus (zieht sie auf sein Knie).

Was erträgst Du nicht mehr?

Maria.

Das giftige Wort, das sie hinter mir hergeschrieen haben, die giftigen Menschen!

Erasmus.

Laß es vorbei sein.

Maria.

Und Du sprichst ihnen nach. Einer wie Du, spricht ihnen nach!

Erasmus.

Laß es vergessen sein.

Maria.

Wie konntest Du das?

Erasmus.

Nun bist Du wieder bei mir.

Maria.

Ja — hilf uns?

Erasmus.

Ich habe Dir gesagt, wie ich Dir helfe.

Maria.

Wie?

Erasmus.

Indem ich Dir vergebe.

Maria.

Das versteh' ich ja nicht.

Erasmus.

Das verstehst Du nicht? Daß Du mich verlassen hast? Verrathen hast? Mit Undank gelohnt hast Jahrzehnte voller Liebe? Weißt Du das nicht?

Maria (nachdenkend).

Das hab' ich gethan; es ist wahr. Aber wenn Du vergeben willst, thu' es ganz.

Erasmus.

Wie also noch?

Maria.

Durch die That. Hilf, daß sie ihn hereinlassen nach Basel, daß wir ehrlich Mann und Frau werden.

Erasmus.

Davon nichts mehr.

Maria.

Wenn Du uns doch helfen willst?

Erasmus.

Dir, ja; ihm nicht. Laß ab von dem Mann.

178

Maria.

Das kann ich doch nicht? Das begreiffst Du ja doch?

Erasmus.

Daß Du Dich schämen solltest, das begreif' ich.

Maria.

Schämen? Hätte sich denn meine Mutter schämen sollen, daß sie Dich geliebt hat?

Erasmus.

Laß die Todten ruh'n.

Maria.

Ist denn das alles todt für Dich?

Erasmus.

Er ist aufgestanden wider mich, hat geschrieben wider mich. Böses Zeug, hündisches Zeug! Ein Leben voll Ehre und Ruhm hat er mir in den Koth getreten. Dafür soll ich eintreten für ihn? Mich zum Spott machen vor der Welt? Das verlangst Du? Kannst Du verlangen? Alle Straßen sind voll von dem Weibe, das sich an ihn gehangen. Noch kennt man ihren Namen nicht. Jetzt vor die Welt soll ich treten, ich selbst, ihnen sagen, meine Tochter war's?

Maria

(sieht ihm lautlos zu, wie er im Zimmer auf und nieder stürmt; in ihren Augen dämmert das Verständniß; ein eisiges Lächeln geht über ihr Gesicht; sie sagt langsam).

Also — versteckt soll ich sein in Deinem Hause? Weggeschwiegen, wie eine Sache, von der man nicht spricht?

Erasmus.

Wir ziehen von hier fort.

Maria.

Aber bis dahin — ein schimpfliches Geheimniß.

Erasmus.

Sprich nicht so.

Maria.

Und wohin wir auch zieh'n, ein unehrliches Weib.

Erasmus (tritt zu ihr, legt ihr die Hand auf's Haupt).

Ich habe Dir vergeben, Du bist wieder ehrlich.

Maria (regungslos unter seiner Hand).

Du machst mich ehrlich? Kannst Du denn das?

Erasmus.

Ja, als Dein Vater.

Maria.

Du hast mir vergeben? Kannst Du denn das?

Erasmus.

Weil ich Dein Vater bin, ja.

Maria
(ergreift seine Hand, hebt sie von ihrem Haupte, hält sie fest).

Ward denn auch Dir schon vergeben?

Erasmus.

Mir?

Maria.

Was Du an Deinem Weibe gethan? (Sie wirft seine Hand aus ihrer Hand.)

Erasmus (steht sprachlos).

Maria.

Der Du meine Mutter hast verschmachten lassen an ihrem Herzen, und jetzt Dein Kind willst verkommen lassen wie sie, auf der Gasse, ein unehrlich Weib?

Erasmus (ringt nach Fassung).

Du wirst nicht verkommen, Du bist bei mir.

180

Maria.

Und das glaubtest Du, daß ich unterschlüpfen würde bei
Dir, wie ein Huhn, das sich unter's Gesträuch duckt? Daß ich
verstecken würde, wie ein schändliches Geheimniß, meine Liebe,
die mein Stolz ist und meine Seligkeit? Daß glaubtest Du
von mir, daß ich mich fortschleichen würde von ihm, der draußen
meiner wartet? Der gekämpft hat für mich und gehungert und
satt geworden ist an der Freude, wenn er sah, daß ich satt
wurde an Brod? (Sie rafft den Mantel auf, der über der Stuhllehne liegt.)

Erasmus.

Wohin willst Du?

Maria (nimmt den Mantel um).

Fort.

Erasmus.

Ins Elend zurück?

Maria.

Zu dem — Bettler — zurück. (Sie schreitet auf die Mittelthür zu.)

Erasmus (greift nach ihrem Mantel).

Hör' mich!

Maria.

Rühr' die Bettlerin nicht an, Du machst Dich schmutzig.

Erasmus.

Auch wenn ich wollte, was Du verlangst, ich könnte es
nicht mehr.

Maria
(die Hand auf der Thürklinke, wendet sich ihm langsam zu).

Erasmus.

Damals — als der Hutten Einlaß verlangte in Basel —
als ich noch nicht wußte, daß Du mit ihm —

Maria.

Damals?

Erasmus.

Haben sie mich gefragt — ob sie ihn aufnehmen sollten —

Maria.

Und Du?

Erasmus.

Versteh' mich —

Maria.

Hast ihnen gesagt — sie sollten es nicht thun?

Erasmus (senkt das Haupt).

Maria (langsam und schwer).

Ach, wie Du mir leid thust jetzt; wie das einst lasten wird auf Deinem Leben. (Sie reißt die Thür auf.)

Erasmus (greift noch einmal nach ihrem Mantel).

Aber jetzt — eh' ich Dich hinausgehen lasse in den Tod — vielleicht, wenn ich noch einmal zu ihnen spreche —

(Man hört die eiserne Gitter-Thür des Hofes draußen zufallen.)

Vierter Auftritt.

Heinrich von Eppendorf (kommt langsam über den Hof).

Maria (von der Schwelle hinausblickend).

Still — wer kommt?

Erasmus.

Der Eppendorf.

(Eppendorf tritt, gesenkten Hauptes, über die Schwelle herein; Maria weicht zur Seite, so daß er an ihr vorübergeht, ohne sie zunächst zu sehen.)

Eppendorf.

Erasmus, ich bringe Dir Nachricht: das deutsche Land
ward ärmer um einen seiner Besten; Ulrich von Hutten ist —
(In diesem Augenblick wird er Maria's ansichtig, die mit rascher Bewegung auf ihn
zutritt. Er prallt zurück) Jungfrau, um Gott — seid es Ihr?
(Es entsteht eine Pause. Maria versucht in Eppendorfs Gesicht zu lesen. Eppendorf
wendet das Haupt ab.)

Maria (wendet sich hastig nach dem Ausgang).

Erasmus.

Bleib'!

Eppendorf (tritt ihr in den Weg).

Ja, es ist besser; bleibt.

Maria.

Wer hält mich, daß ich zu ihm komme?

Eppendorf (ergreift ihre Hände).

Ihr kommt nicht mehr zu ihm; Ulrich von Hutten ist todt.

Maria.

Ah!! (Sie taumelt und bricht zusammen.)

Erasmus (fängt sie auf).

(Pause.)

Maria

(kommt zu sich, richtet sich schweigend auf, zieht den Mantel um sich, wendet sich
zum Ausgang).

Eppendorf.

Jungfrau — nein?

Maria (weist ihn zur Seite).

Ohne Euch finde ich meinen Weg.

Erasmus (stürzt ihr zu Füßen).

Dir zu Füßen liegt Dein Vater. Bleibe bei mir, Maria,
Maria, bleib'!

CPSIA information can be obtained
at www.ICGtesting.com
Printed in the USA
LVHW040425160223
739600LV00004BA/347